सतरंगी बचपन

पायल धाबलिया, दीपाली किरन

pblishing.com
write • share • connect • publish

An Imprint of

MAPLE PRESS PRIVATE LIMITED
office:A 63, Sector 58, Noida 201 301, U.P., India
phone: +91 120 455 3581, 455 3583
email: info@maplepress.co.in
website: www.maplepress.co.in

सतरंगी बचपन *by* पायल धाबलिया एवं दीपाली किरन

ISBN: 978-93-91924-18-8

Printed at Diamond Agencies Private Limited, Noida, India

10 9 8 7 6 5 4 3 2 1

Cover Design @ Artyfino House

समर्पित

मेरे माता–पिता (मंजू और सुरेश गोरसिया) को
जिन्होंने मुझे कहानियाँ सुनाई
और
मेरे बेटे (तक्ष धाबलिया) को
जिसे मैंने कहानियाँ सुनाई।

– पायल धाबलिया

शिशिर श्रीवास्तव
भव्या श्रीवास्तव

– दीपाली किरन

अनुक्रम

अभिस्वीकृति

बच्चों के लिए कहानियाँ लिखना आसान नहीं था लेकिन जब लिखने का तय कर लिया तब अपने बचपन को फिर से जीने लगी और उन कहानियों को याद करने लगी जो मम्मी–पापा ने मुझे सुनाई और जो मैंने मेरे बेटे को सुनाई। दो पीढ़ियों की कहानियों में अंतर जरूर था लेकिन सभी कहानियों में छुपे थे नैतिक मूल्य, जीवन के सच और ढेर सारा मनोरंजन।

जीवन का सबसे खूबसूरत समय बचपन होता है जिसमे न कोई चिंता होती है ना कोई फिकर। चमकीले तारों की चादर, इंद्रधनुषी रंगों से सजे सपने और फूलों की खुशबू से महकता है बचपन। बच्चों के कोमल ह्रदय को छू सके, ऐसी कहानियों को लिखने का प्रयास करते हुए मैंने और दीपाली जी ने सृजन की ... "सतरंगी बचपन"।

मैं अपने ह्रदयतल से मेरे पूरे परिवार, मेरे पाठकों और मेपल पब्लिकेशन का आभार व्यक्त करती हूँ। दीपाली जी की सुंदर कल्पनाओं ने मुझे बहुत प्रभावित किया और प्रेरित भी जिसके लिए मैं उन्हे बहुत धन्यवाद प्रेषित करती हूँ। ''सतरंगी बचपन'' की हर एक कहानी आप सभी प्यारे–प्यारे बच्चों को पसंद आएगी ऐसी हमें आशा है।

– पायल धाबलिया

सबसे पहले मैं माँ सरस्वती को अपना शत–शत नमन करती हूँ उनकी असीम अनुकम्पा और आशीर्वाद से मैं अपनी लेखनी से बच्चों के लिए भी प्यार भरा उपहार लेकर आई। मेरी ये तीसरी किताब बहुत सारे प्यार और सहयोग से आपके सामने आयी है। इस किताब को भी मेरे पति शिशिर श्रीवास्तव और मेरी गुड़िया भव्या श्रीवास्तव का बहुत सहयोग मिला। साथ ही साथ मेरे प्यारे करीबी रिश्तेदार प्यारे दोस्तों ने तो मेरी लेखनी में पंख लगा दिये। क्राउड फंडर्स को मैं किन शब्दों में शुक्रिया करूँ जो कि मेरी किताबों की नींव हैं। यकीन मानिए आपके सहयोग के बिना मेरी किताब लिखने का सपना महज सपना ही रहता। आपका मेरी लेखनी के प्रति विश्वास मुझे यहाँ तक ले आया और मेरा ख्वाब हकीकत में बदल गया। पायल जी का प्यार और सहयोग मैं कभी नहीं भूलूंगी। आपकी किताब के प्रति लगन और परिश्रम और सकारात्मक सोच ने सतरंगी बचपन को इतना ऊँचा और सुंदर बना दिया। आशा है हम साथ मे ढेर सारा काम करेंगे। आप सभी को मेरी ओर से ढ़ेरों शुभकामनाएं और खूब सारा प्यार।

– दीपाली किरन

पायल धाबलिया
की कहानियाँ

चाल-भूचाल

बहुत समय पहले एक राजा था जिसका नाम तक्षप्रताप था और उसका एक मंत्री था जिसका नाम अभयसिंह था।

राजा बहुत ही दयालु, नेकदिल और बुद्धिमान था और प्रजा भी उससे बहुत खुश थी।

मंत्री अभयसिंह बहुत ही शातिर और चालाक था वो चाहता था कि जो मान सम्मान राजा को मिल रहा है उसे मिलना चाहिए। उसे किसी भी कीमत पर राजा बनना था। राजा तक्षप्रताप के होते हुए वो राजा नही बन सकता था, लेकिन मंत्री राजा तक्षप्रताप को मारना नही चाहता था बस राज गद्दी हथियाना चाहता था।

एक दिन मंत्री ने गुलाब से बना हुआ चेहरे पर लगाने वाला लेप बनवाया जिसे लगाते ही राजा का चेहरा जल जाता और फिर राजा अपना सारा राज्य मंत्री को दे देते।

मंत्री : ''महाराज! मैं आपके लिए ये लेप लाया हूँ। इसे लगाते ही आपको ताजगी महसूस होगी।''

राजा तक्षप्रताप : ''अच्छा... ये बहुत ही बढ़िया दिख रहा है। मैं अभी इसे लगाता हूँ।''

राजा जैस ही लेप लगाने आगे बढ़े कि तभी एक सिपाही एक संदेश लेकर आया और राजा संदेश सुनने लगे। मंत्री ने वो लेप मेज पर रख दिया।

राजा जैसे ही पीछे मुड़े उनका हाथ उस लेप की थाली पर पड़ा और सारा लेप मंत्री के हाथ और चेहरे पर लग गया।

राजा तक्षप्रताप : "अरे! अरे!! क्या हुआ?"

मंत्री : "ओह!!!! ये सब क्या हुआ.!!!"

ऐसा कहकर मंत्री तुरंत मुँह हाथ धोने के लिए भागा।

मंत्री कुछ दिन तक दरबार में नही आया यह कहकर कि वो दूसरे राज्य में खास काम से जा रहा है बल्कि वो दूसरे राज्य में अपना इलाज करवा रहा था।

कुछ महीने बाद दुबारा मंत्री ने एक और चाल चली। उसने एक ऐसा इत्र बनवाया जिससे राजा के पूरे शरीर पर घाव हो जाएंगे और वे बीमार अवस्था में दरबार की सारी जिम्मेदारी उसे दे देंगे।

एक दिन राजा और मंत्री शिकार के लिए निकले।

राजा तक्षप्रताप : ''मंत्री जी, आज हम बहुत प्रसन्न है। बहुत दिनों बाद आज शिकार पर जा रहे है।''

मंत्री : ''जी महाराज! इसलिए मैं आपके लिए एक खास इत्र बनवाकर लाया हूँ। आप इसे अपने कपड़ों पर लगा लीजिए।''

राजा : ''अरे! वाह... बहुत बढ़िया। लाइए हम इसे अपने पास रख लेते है। आगे हम विश्राम के लिए रुकेंगे तब अवश्य इसे लगाएंगे।''

कुछ दूर जाने के बाद मंत्री का पैर एक बड़े पत्थर से टकराया और वे एक दलदल में गिर पड़े। बहुत मुश्किल से उन्हे निकाला गया।

राजा ने देखा मंत्री कीचड़ से सन चुके थे तो तुरंत उन्होंने इत्र निकाला और मंत्री जी पर छिड़क दिया।

मंत्री जी के शरीर पर घाव होने शुरू होने लगे और तभी वे दुबारा दलदल में कूद गए ताकि वे बच जाए।

राजा कुछ समझ नही पाए।

करीब तीन महीने बाद मंत्री एक नया षड्यंत्र रचकर आया।

मंत्री : ''राजा जी, चलिए हम अपने राज्य का दौरा करते है। मैने आपके लिए खास रथ तैयार किया है।''

राजा तक्षप्रताप : ''मंत्री जी आप बहुत वफादार है। आपने मेरे लिए बहुत कुछ किया है। आज हम बहुत खुश है।''

मंत्री बहुत खुश हुआ क्योंकि उसने राजा के रथ में एक ऐसा घोड़ा लगाया जो बिगड़ैल घोड़ा था और वह एक बार यदि दौड़ना शुरू कर देता तो रुकने का नाम नहीं लेता। मंत्री यही चाहता था कि वह घोड़ा राजा के रथ को इतनी दूर ले जाए कि राजा कभी लौट कर ना आ सके और इस राज्य का राजा वह खुद बन सके।

राजा तक्षप्रतापः "मंत्री हम आपसे बहुत खुश है इसलिए आज हम चाहते हैं कि आज हमारे रथ पर आप बैठे और हम आपके रथ में बैठकर आपके साथ चलेंगे।"

मंत्री कुछ कह पाता कि तभी सिपाहियों ने मंत्री का हाथ पकड़कर उन्हें राजा के रथ पर बैठा दिया और जैसे ही रथ आगे बढ़ा वैसे ही बिगड़ैल घोड़े तेजी से भागे और रथ आगे चलकर एक बड़े से गढ्ढे की वजह से पलट गया।

मंत्री की हड्डियाँ टूट गई और वह दर्द से कराहने लगा।

पीछे रथ पर सवार राजा परेशान हो रहे थे कि आखिरकार यह क्या हुआ। उन्होंने अभय सिंह से पूछा "मंत्री जी आप ठीक है???"

मंत्री ने सर हिलाया और मन ही मन में सोचा... "मैं कभी राजा तक्षप्रताप की जगह नही ले सकता क्योंकि मेरे लाख प्रयास करने के बाद भी वे उनके अच्छे कर्मों की वजह से सुरक्षित रहे। वे महान है। मुझे इस राज्य को पाने की लालच छोड़ देनी चाहिए।"

मामला मूर्ति का

जानकीप्रसाद जी रतनगढ़ गाँव के जमींदार थे। वे खुद भी खेती करते थे। उनका बेटा निवान और बेटी खनक पढ़ने में बहुत होशियार थे। वे पढ़ाई के साथ–साथ पिता के साथ खेती में भी हाथ बटाते थे।

जानकीप्रसाद जी के पास बहुत सी जमीन थी। उसमें से एक जमीन कई सालों से ऐसे ही पड़ी थी, क्योंकि वो जमीन बंजर थी। एक दिन उन्होंने सोचा उस जमीन को खोदकर उसमें कोई फसल उगाई जाए।

वे दो किसानों को लेकर खेत पर गए और खुदाई शुरू की, कुछ देर बाद उन्हें मिट्टी के भीतर एक मूर्ति सी दिखाई दी। निवान और खनक सबकुछ बहुत ध्यान से सब देख रहे थे।

कुछ ही देर में एक मूर्ति उन्होंने निकाली। जानकीप्रसाद जी ने मूर्ति को बहुत ध्यान से देखा उन्हे लगा कि मूर्ति बहुत पुरानी है। उन्होंने निवान से कहकर तुरंत शहर के एक मित्र को वीडियो कॉल किया।

मित्र ने मूर्ति देखी तो बोला... ''ये मूर्ति कई साल पुरानी लगती है और ये मूर्ति बहुत कीमती भी लगती है। कल कुछ लोग आकर मूर्ति देखकर बताएंगे कि आखिर ये मूर्ति कब की है। तब तक इस मूर्ति को संभाल के रखना।''

जानकीप्रसाद जी ने मूर्ति को बहुत संभालकर अपने घर के एक कमरे में रख दिया और ताला लगा दिया।

अगले दिन जब सब उठे तो देखा मूर्ति जिस कमरे में थी उस कमरे के दरवाजे का ताला टूटा हुआ था और मूर्ति गायब थी।

जानकीप्रसाद जी ने तुरंत पुलिस को बुलाया।

पुलिस इंस्पेक्टर शौर्य ने तुरंत मूर्ति चोरों को ढूंढना शुरू कर दिया।

निवान और खनक बहुत दुखी थे वे सोचने लगे क्यों न वे खुद अपनी तरफ से मूर्ति को तलाश करें।

दोनो अपने दोस्त वीरा, सुरवी और अपराजित को लेकर गाँव के पास वाले जंगल की तरफ चलने लगे।

निवान और खनक को पशु पक्षियों की बोली समझ आती थी। पेड़ पर दो पक्षी बात कर रहे थे। एक ने कहा ''कल गाँव में बहुत हंगामा हुआ''

दूसरे ने कहा ''हाँ, शायद चोरी हुई।''

बच्चे आगे बढ़े तो देखा कुछ जानवर बैठकर बातें कर रहे थे।

भालू बोला ''कल दो आदमी बड़ा सा सामान लिए यहाँ से भागे थे।''

सियार ने कहा ''हाँ, उनके हाथ में हथियार भी था।''

बंदरों ने कहा ''वो दोनो आदमी नदी के पास वाली गुफा में छिपे है।''

निवान सब समझ गया और सब बच्चे गाँव आ गए और इंस्पेक्टर शौर्य को जाकर बताया।

पहले तो उन्हे विश्वास नही हुआ बाद में मुखिया जी के कहने पर वे नदी तक पहुंचे।

गुफा में छिपे चोरों को उन्होंने पकड़ लिया और उनके हाथों में हथकड़ियाँ पहनाई और मूर्ति भी बरामद कर ली।

अगले दिन शहर से कुछ लोग आए और उन्होंने बताया कि मूर्ति कई साल पुरानी है। जिसकी कीमत बहुत ज्यादा है। मूर्ति को संग्रहालय में रखना चाहिए। ये चोर तो इसे बेच देते और देश का नुकसान होता।

इंस्पेक्टर शौर्य ने बच्चों की बहुत प्रशंसा की और सरकार से उन्हे पुरुस्कार भी मिला।

मार्स मस्ती

घड़ी रानी अपने बड़े और छोटे कांटे घुमाते हुए शाम के पूरे सात बजा रही थी और मम्मी ने बालकनी से जोर से आवाज दी... ''रेयांश... चलो घर आओ। होमवर्क बाकी है।''

रेयांश ने आवाज सुनते ही ऊपर देखा और कहा... ''मम्मा बस दस मिनिट और... प्लीज...!''

मम्मी ने तुरंत ही सीधे घर आने का आदेश दिया।

बेचारा रेयांश अपने दोस्तों को बाय बोलकर मुँह लटकाते हुए घर पहुँच गया।

रात को खाना खाकर अपने कमरे में अभी पढ़ने बैठा ही था कि उसकी टेबल पर रखे सोलर सिस्टम का मॉडल देख वो बोला... ''काश! मैं मार्स पर जा सकता, वहाँ कोई पढ़ाई नही करनी पडती, कोई डांटता भी नही, बस आराम से खेलता रहता।''

ऐसा सोचते हुए वो अपने पलंग पर जाकर सो गया।

जब उसकी नींद खुली तो देखा, दो तीन एलियन उसके सामने खड़े मुस्कुरा रहे थे।

एलियन ने सफेद कपड़े पहने थे, उनका मुँह हरा था और चेहरा लंबा नुकीला सा, उनके सर पर एंटीना था। रेयांश डर गया और बोला... ''मैं कहा हूँ...? तुम लोग कौन हो...?''

एक एलियन बोला... ''तुम अभी मार्स प्लेनेट में हो, मेरा नाम अल्फा है ये दोनो बीटा और गामा है। आज से तुम यही रहोगे और ये तुम्हारा कमरा है।''

अल्फा बोला... ''हाँ, ये देखो ये है मार्स का सबसे लेटेस्ट कंप्यूटर जिसमे तुम सारे गेम्स खेल सकते हो और यहाँ से तुम अपनी अर्थ को भी देख सकते हो...''

गामा ने हकलाते हुए कहा... ''ह... ह... हम तुम्हारे साथ केवल द... द... दस मिनिट के लिए ही रह सकते है... क्यों... क्यों... क्योंकि ज्यादा साथ रहे तो रे... डी... रेडियेशन से हम सबको खतरा हो सकता है।''

रेयांश तो खुशी के मारे झूम उठा और नाचने लगा तभी अल्फा बोला... ''अरे! अरे! सुनो ये सब यहाँ नही चलेगा। बाकी सब अपने कामों में लगे है। उनको डिस्टर्ब नहीं करना।''

रेयांश बोला... ''ओके! ओके... लेकिन खाना... तो मिलेगा न...?''

''ही... ही... खाना नही, एफ. टी. मिलेगी...'' बीटा हंसते हुए बोला।

''ये क्या है?'' रेयांश ने आश्चर्य से पूछा...

''फूड टेबलेट... ये लो... इसे दिन में दो बार लेना बस हो गया।'' अल्फा बोला।

ऐसा कहकर वो तीनों चले गए।

रेयांश ने तुरंत गेम खेलना शुरू किया।

सात घंटे तक खेलता रहा फिर भूख लगी तो एफ. टी. ले ली।

सारा दिन बीत गया और फिर वो सो गया।

अगले दो दिन भी ऐसा ही रहा। पूरा दिन गेम खेलता, कभी फ्लाइंग सौसर देखता तो कभी दूसरे प्लेनेट के लोगो की बाते सुनता। सबकुछ बहुत ही अलग और अच्छा था।

लेकिन चौथे दिन उसे गेम खेलना बोर लगने लगा तो कंप्यूटर पर उसने अपना घर और अपने दोस्तो को देखा।

घर पर मम्मी ने पकवान बनाए थे और सभी उसकी फेवरेट चीजे थी। मैदान में दोस्त खेल रहे थे। उसके बेस्ट फ्रेंड की आज जन्मदिन की पार्टी हो रही थी। स्कूल में टीचर ने बहुत सारे साइंस के मॉडल तैयार करवाए थे। उसके कजिन भाई बहन मिलकर उसे सरप्राइज देने उसके घर आने वाले थे। उसे खाने की, मम्मी–पापा को और दोस्तो की, भाई बहनों की बहुत याद आने लगी।

रेयांश जोर–जोर से रोने लगा और अल्फा से बोला... ''मुझे घर जाना है। मुझे ये सब नही चाहिए। मुझे प्लीज अर्थ भेज दो।''

बीटा ने कहा... ''अच्छा तो तुम्हे घर याद आ गया। लेकिन सुनो एक बार तुम घर गए तो दुबारा यहाँ नही आ सकते।''

रेयांश ने रोते–रोते सर हिलाया।

गामा ने तुरंत फ्लाइंग सॉसर निकाली और रेयांश को उसके घर पहुँचा दिया।

घर में आकर वो मम्मी के गले लगकर बोला... ''मम्मी आप बहुत अच्छी हो। मैं आपकी सारी बात मानूंगा। पढ़ाई भी करूंगा और आपको कभी छोड़कर नही जाऊंगा।''

स्नो की लैंडिंग

आज घर पर सभी लोग बहुत खुश थे क्योंकि आज क्रिस और हैप्पी की प्यारी–सी सफेद रंग की बिल्ली जिसका नाम स्नो था उसका जन्मदिन भी था और क्रिसमस का त्यौहार भी था।

क्रिस के मम्मी–पापा ने स्नो के जन्मदिन के लिए फार्महाउस जाने का तय किया। क्रिस और हैप्पी बहुत खुश थे। वे सभी अपनी बिल्ली स्नो के साथ फार्महाउस पहुँच गए।

फार्महाउस को बहुत सारे रंग–बिरंगे गुब्बारों से सजाया गया था। खाने की ढेर सारी चीजें मंगाई गई थी।

क्रिस और हैप्पी के बहुत सारे कजिन भी वहाँ पर आए हुए थे। सभी स्नो बिल्ली के साथ खेलने लगे।

तभी उनके एक कजिन जो बहुत शैतान था उसने स्नो बिल्ली के पेट पर गुब्बारे बांध दिए और जैसे ही उसने बिल्ली को जमीन पर रखा, स्नो हवा में उड़ने लगी।

स्नो डर के मारे कांपने लगी और जोर–जोर से आवाज करने लगे।

उसकी आवाज सुनते ही हैप्पी वहाँ आई और उसने देखा कि प्यारी सी स्नो जिसका जन्मदिन था वह तो आसमान में उड़ रही थी।

उसने अपने कजिन को खूब डांटा और रोने लगी।

तभी मम्मी–पापा ने जल्दी से डेनियल अंकल को बुलाया जो बच्चों को आज खास हॉट एयर बैलून का सरप्राइज देने वाले थे।

डेनियल अंकल तुरंत हॉट एयर बैलून को लेकर आए।

हैप्पी और उसका भाई उस हॉट एयर बैलून में बैठे और डेनियल अंकल ने जल्दी से नॉब चालू किए और हॉट एयर बैलून ऊपर उड़ने लगा।

कुछ ही देर में वह स्नो के पास पहुँच गए और उन्होंने तुरंत उसको पकड़ लिया और उसे बचा लिया।

हैप्पी अपनी प्यारी सी स्नो को सही सलामत देख कर खुश हो गई और डेनियल अंकल को बहुत सारा थैंक यू बोलने लगी।

जब वह नीचे आए सभी ने स्नो को बहुत प्यार किया और उसका जन्मदिन और क्रिसमस का त्योहार सभी ने मिलकर बहुत खुशी से बनाया।

अंकल ने सभी बच्चों को समझाया कि इस तरह की शैतानियाँ कभी नहीं करनी चाहिए जिससे कि किसी को भी परेशानी हो चाहे वह इंसान हो या जानवर। हमें सभी को प्यार करना चाहिए।

बैट बॉल के बोल

''चलो, चलो!! सब जल्दी से कल की तैयारी कर लो। कल सबको जल्दी उठना है पिकनिक पर जाना है।'' जसवंत के पापा ने कहा। जसवंत अपने भाई श्रीयश के साथ जल्दी–जल्दी पिकनिक पर जाने की तैयारी करने लगा।

उसने अपना क्रिकेट बैट, बैडमिंटन रैकेट और फुटबॉल सब एक तरफ रख दिया और आराम से सोने चला गया।

घर पर जब सो गए तब क्रिकेट बैट बॉल को जीभ दिखा कर चिढ़ाते हुए बोला... ''ऐ बॉल, देख तुझसे ज्यादा सब मुझे प्यार करते है।''

बैडमिंटन रैकेट भी बैट के गले में हाथ डालकर बोला... ''हाँ, सही कहते हो दोस्त। मेरे सामने इस शटल कॉक की कोई इज्जत नहीं।''

ये सब सुनकर बॉल और शटल कॉक दोनो को गुस्सा आ गया और दोनो एक साथ बोली... ''अच्छा, ये बताओ कि यदि हम साथ नही हो तो तुम अकेले क्या करोगे?? क्रिकेट बिना बॉल और बैडमिंटन बिना शटल कॉक के कैसे हो सकता है??''

बैट स्टायल मारते हुए बोला... ''जो भी हो लेकिन हमारा तो स्टेटस ही अलग है। क्रिकेट में बेट सबसे जरूरी है। पता है एक बैट को बनाने में कितना समय लगता है? लोग हमारे ऊपर ही बेस्ट खिलाड़ियों के ऑटोग्राफ लेते है।''

तभी बैडमिंटन रैकट भी सुपर हीरो की तरह आकर बोला... ''मुझे तो बनाने में सिर्फ समय ही नही बहुत समझदारी भी चाहिए। एक–एक तार सही से लगाना, कोई बच्चों का काम नही है।''

बॉल को बहुत गुस्सा आया और जोर से बोली... ''अरे! छोड़ो तुम लोग। मैं तो अकेली ही काफी हूं। मुझे बैट के सहारे की जरूरत नही। बच्चे सिर्फ मेरे साथ खेलकर भी बहुत एंजॉय करते है। तुम तो किनारे ही पड़े रहते हो।''

शटल बोली... ''मैं यदि रूठ जाऊं तो तुम अकेले बस लटके रहोगे, समझे मिस्टर रैकिट...''

सभी की तू– तू– मैं– मैं बहुत बढ़ गई। तब फुटबॉल ने कहा... ''अरे! अरे... लड़ना बंद करो। तुम सब अपनी–अपनी जगह बेस्ट ही हो। इस तरह लड़ने से कुछ नही होगा। तुम लोगो को तो खुश होना चाहिए कि तुम्हारे पास एक साथी है।

मुझे देखो मैं तो बिलकुल अकेली हूँ। कभी चोट लग जाए तो किसी से कह भी नहीं पाती। चलो सब चुपचाप सो जाओ।''

सभी को फुटबॉल के अकेले रहने का दुख भी हुआ और फिर सब सो गए।

अगले दिन जसवंत और श्रीयश सुबह जल्दी–जल्दी उठे। तब तक उसके बाकी दोस्त वीरा, एकांश, तनवी और खनक भी आ गए।

एकांश ने पहले बैट और रैकट उठाया और गाड़ी की ओर बढ़ा।

बैट दूर से ही बॉल को अंगूठा दिखाने लगा।

तभी मम्मी बोली... ''अरे! ये बॉल और शटल कॉक भी तो रखो वरना खेलोगे कैसे?? ये तो सबसे जरूरी है।''

जसवंत ने बॉल और शटल कॉक को भी उठाया और डिक्की में रख दिया।

तनवी बोली ''मैं तो इस प्यारी बॉल से कैच–कैच खेलूंगी।''

सभी बच्चे गाड़ी में बैठ गए।

जसवंत अपनी मम्मी के साथ गाड़ी की डिक्की में रखे बैट बॉल को देखकर बहुत खुश था।

डिक्की में बैट और रैकेट ने बॉल और शटल कॉक से माफी माँगते हुए कहा... ''हमें माफ कर दो। सचमुच हम एक–दूसरे के बिना कुछ नही।''

और फिर सबने दोस्ती कर ली और पिकनिक में सभी ने बहुत मजा किया।

जलपरी और डुग्गू ड्रैगन

बहुत समय पहले की बात है। एक बड़ा–सा समुंद्र था और उसमे एक प्यारी सी जलपरी थी और उसका नाम था जीनल। वो हमेशा सबकी मदद करती थी और उसके बहुत से दोस्त थे लेकिन कुछ दुश्मन भी थे।

एक दिन जलपरी समुंद्र के किनारे आराम कर रही थी तब उसने देखा कि एक बेबी ड्रैगन पानी में तैरने की कोशिश कर रहा है लेकिन वो तैर नही पा रहा है और वो रोने लगा।

जीनल उसके पास गई और बोली... ''तुम ये क्या करने की कोशिश कर रहे हो?''

ड्रैगन ने जवाब दिया कि... ''मैं सबकी तरह तैरने की कोशिश कर रहा हूँ, जैसे पानी में वो सब तैर रहे हैं, मैं भी तैरना चाहता हूँ।''

जलपरी ने देखा कि पानी में बहुत सारे सी–हॉर्स तैर रहे थे।

जलपरी मुस्कुराई और बोली... ''अरे! तुम्हें कोई गलतफहमी हुई है। तुम सी–हॉर्स नहीं हो। तुम तो ड्रैगन हो। मुझे लगता है तुम अपने माता–पिता से बिछड़ गए हो। ड्रैगन कभी पानी में नहीं तैरते बल्कि तुम तो मुँह से आग निकाल सकते हो और हवा में उड़ भी सकते हो। तो तुम पानी में तैरने की कोशिश मत करो।''

ड्रैगन बोला... ''अच्छा!!! मुझे पता ही नहीं था लेकिन मैं अपने परिवार वालों से कैसे मिल सकता हूँ? मुझे तो रास्ता नहीं मालूम।''

जलपरी ने अपने कुछ दोस्तों से ड्रैगन के रहने की जगह का पता लगाया और सागर के किनारे–किनारे चलकर बाकी ड्रैगन के रहने वाली जगह पहुँची।

फिर जलपरी उसे उसके माता–पिता के पास ले गई। ड्रेगन अपने माता–पिता से मिलकर खुश हो गया। उसकी माँ ने भी डुग्गु–डुग्गु कहकर गले लगा लिया।

जलपरी ने उससे कहा... ''तुम अब अपने माता–पिता के साथ रहना। हम फिर मिलेंगे।''

ऐसा कहकर जलपरी वहाँ से चली गई।

ड्रैगन ने अपने माता–पिता के साथ रह कर मुँह से आग निकालने की प्रैक्टिस शुरू कर दी और अब वह आग निकालने और उसे कंट्रोल करना भी सीख गया था। चाहे वो रिंग से आग निकालना हो, चाहे आग को दूर तक पहुँचाना हो, यहाँ तक कि वह उड़ते समय भी आग निकाल सक़ता था।

वह हमेशा जलपरी से मिलता रहता और बातें करता रहता।

एक दिन की बात है जीनल पानी में तैर रही थी तभी उसने देखा कि उसे बड़े–बड़े चार मगरमच्छों ने घेर लिया है और वह चारों मगरमच्छ उसे बहुत परेशान कर रहे थे और उन मगरमच्छों ने उससे कहा कि... ''हम तुम्हें आज यहाँ से जाने नहीं देंगे। हम तुम्हें खा जाएँगे।''

जीनल जोर–जोर से रोने लगी। सबसे मदद माँगने लगी, लेकिन मगरमच्छ से सब डर गए और कोई उसे बचाने नहीं आया, लेकिन तभी उसकी आवाज उसके दोस्त डुग्गु तक पहुँच गई। और वह उड़ते हुए जल्दी से वहाँ पर आ गया।

उसने देखा मगरमच्छों ने जीनल को घेर लिया था। उसने अपने मुँह से आग फेंकी लेकिन दो मगरमच्छ उसके ही ऊपर ही झपट पड़े। ड्रैगन कुछ दूर भागा और अपने दोस्तों को पुकारने लगा। कुछ ही समय में बाकी के दोस्त आ गए और सबने मिलकर आग के गोले बनाकर फेंके, जिससे मगरमच्छ डर गए।

इसी बीच डुग्गु ड्रैगन ने मगरमच्छ के बीच में से जीनल को अपने ऊपर बिठाया और उड़ाकर बचा कर ले गया।

और सारे मगरमच्छ डरकर भाग गए।

जीनल ने अपने दोस्त डुग्गु को शुक्रिया कहा।

ब्रूम की धूम

जनकपुर गाँव में मोहन नाम का एक आदमी रहता था। मोहन लकड़ी के खिलौने बनाया करता था। गाँव के बच्चे पहले तो उससे खिलौने खरीदते थे लेकिन पिछले तीन महीनों से उसकी दुकान में खिलौने लेने कोई भी नही आया था।

मोहन बहुत उदास था। उसने सोचा कि अब तो उसे कोई और काम ही ढूढ़ना पड़ेगा। एक रात वो अपनी दुकान का सारा सामान साफ कर रहा था, तो उसे ऐसा लगा क्यों ना मैं एक आखरी खिलौना बना लूं।

उसने लकड़ी का एक छोटा–सा खिलौना बनाया। रात काफी हो चुकी थी। उसे धीरे–धीरे नींद भी आने लगी थी। उसने लकड़ी का एक खिलौना बनाया। वह खिलौना एक छोटा–सा लड़का था।

लड़के के हाथ लगाते–लगाते उसकी नींद लग गई और वो वही सो गया।

कुछ देर बाद उस लकड़ी के खिलौने में न जाने कैसे जान आ गई और वह लड़का इधर–उधर देखने लगा और धीरे–धीरे वह दुकान से बाहर चला गया।

गाँव में जाते हुए उसने देखा कि एक झोपड़ी के बाहर एक छोटी बच्ची अपनी माँ के साथ बैठी थी। बेटी कह रही

थी... ''माँ बहुत ठंड लग रही है, आप आग तेज क्यों नहीं करती?''

माँ बोली... ''बेटी लकड़ी खतम हो गई है, जो थी वो जल नही रही। अब क्या करें? कोई सूखी लकड़ी मिल जाए तो आग जल सकती है। चलो हम लकड़ी दूढते है।''

ऐसा कहकर वे दोनो लकड़ियाँ दूढ़ने लगी।

उनकी बात सुन लकड़ी का खिलौना वहाँ आया और अपना एक हाथ जो मोहन ने नीद में जोड़ा था निकालकर आग में डाल दिया। आग तुरंत जल गई और लड़का चला गया।

आग जलते देख माँ और बेटी आश्चर्य में पड़ गई कि अचानक आग कैसे जल गई???? लेकिन वहाँ कोई नहीं दिखा। फिर उन दोनो ने उस आग के सहारे वो सर्दी की रात काटी।

MOHAN
TOYS
₹100

उसके बाद लड़का दुकान वापस आ गया।

जैसे ही सुबह हुई वैसे ही मोहन ने देखा कि खिलौने का एक हाथ गायब था। उसे लगा शायद वह हाथ बनाना भूल गया था।

वह तुरंत ही दूसरा हाथ बनाने में लग गया लेकिन लकड़ी नही थी तो उसने पास पड़ी झाड़ू को ही ठीक कर खिलौने का हाथ बना दिया।

तभी दूसरे गाँव का जमींदार वहाँ आया उसने उस लकड़ी के खिलौने को देखा और उसे वह खिलौना बहुत अलग और बहुत अच्छा लगा तो उसने तुरंत मोहन से कहा... ''सुनो, मुझे ऐसे चार खिलौने चाहिए।''

मोहन बोला... ''ये वाला तो गलत बन गया है। मैं आपको इससे भी अच्छा बनाकर शाम तक दे दूंगा।''

जमींदार बोला... ''नही, मुझे तो ऐसे ही चार चाहिए। ये लो कुछ रुपए रखो और शाम तक चार और बनाकर रखना, मैं वापस जाते समय ले जाऊंगा।''

मोहन को विश्वास ही नहीं हुआ। वो खुशी से नाचने लगा

जल्दी से उसने सब सामान खरीदा और खिलौने बनाए और जमींदार को दे दिए।

अगले कुछ दिनों से तो मानो चमत्कार हो गया। आसपास के गाँव वाले उसके पास वैसा ही खिलौना खरीदने आने लगे।

मोहन का काम चल पड़ा और अब उसे खिलौने बनाने का काम बंद नहीं करना पड़ा। शहर के बच्चे भी मोहन का ब्रूम वाला खिलौना लेने उसके पास आने लगे। सभी जगह ब्रूम की धूम मच गई। मोहन ने अपनी दुकान का नाम ''ब्रूम खिलौनेवाला'' रख दिया।

ज्वेलथीफ

क्रूज पर आज कई लोग थे और खास मेहमान थी प्रिंसेज स्निग्धा। प्रिंसेस स्निग्धा बिल्कुल परी सी सुंदर दिख रही थी। आज उनका जन्मदिन था।

क्रूज पर सभी लोग प्रिंसेज स्निग्धा से मिलने को उत्सुक थे लेकिन उनके आसपास बहुत ज्यादा सिक्योरिटी थी।

क्रूज पर आरुष भी आया था। आरुष बहुत ही होशियार और तेज दिमाग वाला लड़का था। आरुष अपने पापा के साथ वहाँ आया था।

क्रूज पर सभी लोग मजे कर रहे थे। शाम होने को थी। कुछ देर के लिए लाइट के बटन में कुछ खराबी आ गई थी जिसके कारण बिजली चली गई, लेकिन कुछ ही मिनटों में बत्ती आ भी गई।

लेकिन तभी एक जोर की आवाज आई... "ओह!!! मेरा हार... मेरा हार कहाँ है?? बेशकीमती था मेरा हार..." ऐसा कहकर प्रिंसेस स्निग्धा रोने लगी।

उनके साथ आए सिक्योरिटी गार्ड भी परेशान हो गए कि एक मिनिट में किसी ने कैसे हार चुरा लिया??

आरुष सब कुछ देख रहा था।

पाँच मिनिट के बाद प्रिंसेस के साथ आए उनके सेक्रेटरी ने कहा..."किसी को परेशान होने की जरूरत नही है, हार जल्द ही मिल जाएगा क्योंकि उस हार में एक चिप लगी हुई

है और हम हार को ट्रेस कर लेंगे। जैसे ही सिग्नल मिलने लगेंगे हमे पता लग जाएगा कि हार किसने चुराया।'' क्रूज पर सभी लोगों को एक जगह पर ही रहने को कहा गया।

आरुष ने सभी लोगो के कानों में एक बात धीरे से डाली कि... ''नीचे वाले एरिया में सिग्नल ही नही है, यदि हार वहाँ रख दिया तो फिर हार को ढूढना मुश्किल हो जायेगा।''

कुछ ही देर बाद सिक्योरिटी ने हार और चोर दोनो को पकड़ लिया।

लोग हक्के–बक्के रह गए। प्रिंसेस ने अपना हार पहना और आरुष को अपने पास बुलाकर सबके सामने उसका धन्यवाद किया और बताया... ''मेरे हार में कोई चिप नही लगी है, ये तो आरुष की चतुराई थी और उसने ही सेक्रेटरी को ऐसा कहने के लिए कहा कि सिग्नल नीचे नही आता। जिसे सुनकर चोर चुपके से नीचे जा रहा था और हमारे गार्ड्स ने उसे पकड़ लिया। मैं आरुष को धन्यवाद करती हू और उसे ईनाम भी देती हूँ।''

आरुष की अक्लमंदी की सभी ने तारीफ की और पापा ने कहा... ''वाह!!! बेटा आज तो तुमने चोर की दाढ़ी में तिनका वाली कहावत सच करके दिखा दी।''

अंकल टैनी की ट्रिक

एक खूबसूरत समुंद्र के किनारे एक एक्वेरियम था। जिसकी देखभाल जॉन नाम का एक लड़का करता था। एक्वेरियम में बहुत–सी छोटी मछलियाँ और टर्टल थे।

आज जॉन कुछ छोटी मछलियाँ लाया और एक्वेरियम में उन्हे डाल दिया।

शाम को जॉन अपने दोस्त को मिलने चला गया। तब मौका देखकर नई छोटी मछलियाँ कुछ बातें करने लगी।

टर्टल अंकल टैनी बोले ''क्या बात हो रही है??''

चिंकी मछली बोली ''अंकल, हम समुंद्र में जाना चाहते है। हमारे सारे दोस्त वहीं पर है। यहाँ हमे अच्छा नही लग रहा है।''

मिंटी ने तुरंत टर्टल अंकल से कहा ''आप भी हमारे साथ चलिए। हम सब भाग जाते है।''

टर्टल अंकल बोले ''अरे! मैं यही ठीक हूँ। समय पर खाना मिल जाता है और अब तो मैं बूढ़ा भी हो गया हूँ। क्या करूंगा समुंद्र जाकर?''

चिंकी बोली ''अंकल आप हमारी मदद तो कर सकते है ना। बताइए ना हम कैसे यहाँ से निकलें??''

The Fish Spot

टर्टल अंकल बोले ''मुझे सोचने दो...''

कुछ देर सोचने के बाद टैनी अंकल बोले ''एक काम हो सकता है। हर रविवार जॉन इस एक्वेरियम का पानी बदलकर दूसरा पानी भरता है तब कुछ देर के लिए वो हम सबको एक दूसरे टब में रखता है। तब तुम मेरी पीठ पर खड़े होकर उस पानी के आउटलेट पर कूद जाना।''

मिंटी बोली ''लेकिन उससे क्या होगा??''

''अरे! उस जगह का रास्ता सीधे समुंदर पर खुलता है। वहाँ से तुम अपने पुराने घर, अपने साथियों के पास पहुँच जाओगी।'' अंकल टैनी बोले।

सबको प्लान अच्छा लगा।

सबको अब संडे का इंतजार था।

संडे आया। जॉन ने वैसा ही किया जैसा टैनी अंकल ने बताया था। सभी को प्लान के सफल होने की उम्मीद थी।

जैसे ही जॉन ने उन्हें टब में डाला वैसे ही टैनी अंकल की मदद से दोनो सहेलियों ने बड़ी–सी जंप लगाई और पानी निकलने की जगह पर कूद गई लेकिन कुछ कचरा होने की वजह से वे फस गई और जोर–जोर से आवाज करने लगी "अंकल हम फंस गए, हमें बचा लीजिए यहाँ कुछ देर और रहे तो हम तो मर जाएंगे।"

टर्टल अंकल परेशान हो गए कि क्या किया जाए।

पानी के बगैर तो यह मछलियाँ मर जायेगी। उन्होंने देखा कि जॉन कोल्ड ड्रिंक पी रहा उसमे बहुत सारे बर्फ के टुकड़े भी थे। टर्टल टैनी अंकल ने पानी में कुछ हलचल करनी शुरू कर दी जिससे जॉन अचानक से चौक गया और उसके हाथ से वह गिलास गिर गया और सारा पानी उस आउटलेट से नीचे निकलने लगा और बर्फ पिघलने लगी। मछलियों को रास्ता मिल गया और मछलियाँ सीधे समुद्र में पहुँच गई।

टर्टल टैनी जान चुका था कि दोनों मछलियाँ अपने घर अपने दोस्तों के पास पहुँच गई होंगी। टर्टल टैनी बहुत खुश थे।

दोनों मछलियाँ समुंदर में अपने प्यारे दोस्तों के साथ गाना गाने लगी और नाचने लगी और मन–ही–मन टर्टल टैनी अंकल को थैंक यू कहने लगी।

खुफिया रास्ता

हर्षवर्धन आज अपने मामा के गाँव पहुँचा तो उसने देखा कई लोग मामा से अपनी परेशानी बता रहे थे।

भोला : ''कुछ–न–कुछ तो करना होगा, ऐसे तो बहुत नुकसान होगा।''

रामदीन : ''जी, पुलिस तो अपना काम कर रही है लेकिन हमें भी कुछ करना होगा।''

मामा : ''ना जाने कैसे इतनी चोरी बढ़ गई है, पहरेदारी भी काम नही आ रही। चोर बहुत शातिर है। देखते है क्या किया जाए।''

हर्षवर्धन : ''मामा मैं आपकी मदद कर सकता हूँ। रात को गाँव में कौन आया ये मैं अपने वेब कैमरे से रिकार्डिंग कर सकता हूँ। चोर को पकड़ना आसान हो जाएगा।''

सभी ने हर्षवर्धन को मौका दिया।

रात को हर्षवर्धन ने लैपटॉप में देखा एक 18 से 20 साल का लड़का धीरे–धीरे आया और एक मुर्गी चुराई और जाने लगा।

तभी हर्षवर्धन भी चुपके से उसके पीछे जाने लगा।

वो लड़का एक पेड़ के पास गया हर्षवर्धन जैसे ही पेड़ के पास आया वो लड़का गायब हो गया।

हर्षवर्धन कुछ समझ नही पाया।

अगले दिन सुबह हर्षवर्धन उठा और पेड़ के पास गया।

उसने पेड़ को अच्छे से देखा तो पाया उसमे एक खुफिया दरवाजा था। उसने उस दरवाजे को खोला तो पाया उसके अंदर एक टनल थी। वो धीरे से नीचे गया तो सीधे एक कमरे में पहुँच गया। कमरे की दीवार पर कुछ कागज चिपके थे, कुछ किताबे और कुछ खाने का सामान था। उसे कुछ–कुछ समझ आया लेकिन वह जिस लड़के को देख रहा था वो मिला नही तो वह वापिस टनल से अपने घर आ गया।

कुछ दिन बाद फिर से वही लड़का आया तो इस बार हर्षवर्धन ने सबकी मदद से उसे पकड़ लिया।

नाम पूछने पर उसने अपना नाम अर्जुन बताया।

मामा : "तुम चोरी क्यों करते हो?"

अर्जुन : "पिछले साल मेरी माँ और पिताजी की मृत्यु हो गई। मेरी पढ़ाई भी बंद हो गई। खाने को कुछ नही था इसलिए चोरी करनी पड़ी।"

गाँव वाले : "इसे पुलिस के पास ले जाओ। इसे तो जेल भेज देना चाहिए। हमारे घरों में चोरी करता था।"

हर्षवर्धन : "अरे!! एक बार अर्जुन को बोलने का मौका देना चाहिए। मामा मुझे लगता है अर्जुन मजबूरी में चोरी करता था।"

अर्जुन : "मुझे आप सब माफ कर दीजिए। जब मेरे पास कोई चारा नही बचा तब मुझे ऐसा करना पड़ा।"

मामा : "तुम्हारा दिमाग बहुत अच्छा है इसका उपयोग अच्छे काम में लगाओ। देखो हम सब मिलकर

तुम्हारी पढ़ाई पूरी करवा देंगे और रहने, खाने पीने की व्यवस्था भी कर देंगे। क्या तुम हमारी मदद करोगे?"

अर्जुन : "क्या करना होगा??"

मामा : "देखो, तुम जब पेड़ में टनल बना सकते हो तो बहुत कुछ कर सकते हो। गाँव के खेतों में पानी नही पहुँचता। क्या तुम कुछ दिमाग लगाकर पानी ला सकते हो?"

अर्जुन : "जी, बिल्कुल मैं कर सकता हूँ।"

करीब छह महीने में अर्जुन ने बहुत मेहनत की और अपनी पढ़ाई के साथ–साथ खेतों तक पानी लाने का भी प्लान रेडी कर लिया।

अर्जुन और हर्षवर्धन ने एक कैनाल का नक्शा बनाया और लोगो ने मिलकर एक नहर बना दी और खेतों तक पानी आने लगा।

अर्जुन के खुफिया रास्ते का राज हर्षवर्धन ने खोला और दोनो की मेहनत से सभी की समस्या भी हल हो गई और अब अर्जुन गाँव के स्कूल में पढ़ाने भी लगा।

टाइम मशीन

आज आदित्य की छुट्टी थी और वह सारा दिन खेलना चाहता था।

आदित्य : ''मम्मी मैं अर्नव के घर खेलने जा रहा हूँ।''

मम्मी : ''ठीक है, लेकिन जल्दी आना..।''

आदित्य जल्दी से अर्नव के घर पहुँचना चाहता था इसलिए वह एक दूसरे रास्ते से जाने लगा। जल्दी ही वो अर्नव के घर पहुँच गया और उसे आवाज दी।

अर्नव जल्दी से आया और उसी रास्ते से वे मैदान की तरफ जाने लगे कि तभी एक बहुत पुराना मकान दिखा जिसे देख आदित्य बोला... ''चल अंदर चले।''

अर्नव : ''अच्छा ठीक है, चल चलते है।''

उस बड़े से मकान में कोई नही था बस अंधेरा था। कुछ किताबें पड़ी थी और कुछ सामान भी बिखरा था। तभी अर्नव की नजर एक बड़े से बक्से पर पड़ी।

अर्नव : ''आदि, देख ये क्या है...!''

आदित्य : ''अरे! ये तो कोई टेलीफोन बूथ जैसा लगता है।''

अर्नव : ''चल अंदर चलते है।''

दोनो ने उस बूथ का दरवाजा खोला और उसके अंदर चले गए। वहाँ कुछ बटन थे जिसे वे दबाने लगे और तभी वो बूथ हिलने लगा और घूमने लगा।

करीब दस पंद्रह मिनट के बाद बूथ रुका और दोनो दोस्त

उसमे से बाहर आए तो कुछ अजीब सा ही लग रहा था।

अचानक एक रोबोट ने आकर आदित्य के कंधे पर हाथ रखा और बोला...

''कौन हो तुम?? क्या काम है??''

आदित्य : ''मैं आदित्य और ये अर्नव है... लेकिन तुम कौन हो??''

उस रोबोट ने कहा... ''मैं फ्रेडी इस एरिया का सिक्योरिटी गार्ड... |''

अर्नव: ''तुम तो रोबोट हो... तुम बोलते भी हो??? लेकिन बाकी सब कहाँ है???''

फ्रेडी : ''बाकी सब अपने–अपने काम में बिजी है। लेकिन सबसे पास मेरा दोस्त आर्य है। अभी वो एक क्लास में है। चलो मैं ले जाता हूँ।''

अर्नव : ''तुम्हे कैसे पता कि आर्य सबसे पास है??''

फ्रेडी : "मुझे मैप से पता चला। इस एरिया का मैप मेरे पास फीड है।"

तभी एक एयर टैक्सी आ गई जिसे देख आदित्य और अर्नव चौक गए।

"वे बोले ये सब क्या है??? हम कहाँ है??"

फ्रेडी : "आप लोग मार्च 2099 में है।"

आदित्य और अर्नव का दिमाग चकरा गया।

फ्रेडी के साथ वो एयर कार में बैठकर एक बड़ी–सी बिल्डिंग में आ गए।

वहाँ पर आर्य नाम का एक लड़का खड़ा था।

आर्य : "अरे!! फ्रेडी, ये कौन है??"

आदित्य : "हम तो 2021 से आए है। शायद वो बॉक्स जिसमे हम बैठे थे वो टाइम मशीन थी, हम 2099 में आ गए है। कुछ समझ नही आ रहा है। लेकिन तुम क्या कर रहे हो??"

आर्य: "मैं बस अपनी क्लास ज्वाइन करूँगा।"

ऐसा कहते ही आर्य ने अपनी घड़ी में एक बटन दबाया और एक 3D स्क्रीन आ गई जिसमे बहुत सारी इन्फॉर्मेशन थी और उसके बहुत से दोस्त भी थे। आदित्य और अर्नव को भूख लग रही थी लेकिन वे चुपचाप खड़े थे।

आर्य : "क्या तुम्हे भूख लगी है?? रुको मैं यूनिवर्स के बेस्ट शेफ कुकी से कहकर कुछ ऑर्डर कर देता हूं।"

आदित्य : "यूनिवर्स का बेस्ट कुक???"

आर्य : "बिल्कुल! अभी वो वीनस प्लैनेट में है। अभी वो वहाँ से कैप्सूल से खाना भेज देंगे।"

आर्य और अर्नव तो भौचक्के रह गए।

तीनो बाहर आए तो देखा दुनिया में बहुत तरक्की हो गई थी। लोग एयर पॉड से आते जाते, अर्थ से बाकी प्लैनेट जाना–आना बहुत आसान था, सूरज से डायरेक्ट एनर्जी ली जाती थी, लोगो के पास मोबाइल की जगह चिप थी। रोबोट ऐसे जो माइंड पढ़ लेते थे।

आर्य ने उन्हें पूरी सिटी दिखाई।

आर्य : "ये देखो, हमारे विलेज... सब कुछ ऑर्गेनिक है।"

आदित्य : "पॉल्यूशन भी नही है।"

अर्नव : "ये रोबोट तो सबकी कितनी मदद कर रहे है।"

आर्य : "बिल्कुल, ये रोबोट सारी लेंग्वेज जानते है, ऑपरेशन भी करते है, प्लेन, जेट भी उड़ाते है और हम लोगो की मदद भी करते है।"

अर्नव : "हम यही रह जाते है।"

आर्य : "नही–नही, ये पॉसिबल नही है। तुम दोनो को वापिस जाना होगा। तुम्हारे यहाँ रहने से सबकी लाइफ में गड़बड़ी हो जाएगी।"

आदित्य : "आर्य! तुम बहुत अच्छे हो और फ्यूचर वर्ल्ड भी बहुत अच्छा है।"

आर्य : "सब तुम्हारी जनरेशन की वजह से। तुम सबने साइंस में बहुत काम किया। सबने एक साथ मिलकर दुनिया को बहुत अच्छा बनाया तभी तो 2099 इतना अच्छा है। ना पॉल्यूशन, ना पानी की कमी, अब हम नेचरल रिसोर्स को भी बचा सकते है। सब मिल जुलकर काम करते है।"

फ्रेडी : "चलिए! आपके जाने का समय हो गया।"

आर्य : "तुम दोनो उसी बॉक्स से अपनी दुनिया में वापस जाओ। तुम दोनो से मिलकर अच्छा लगा।"

आदित्य और अर्नव ने आर्य को बाय कहा और उसी बॉक्स में बैठ गए और वापिस आ गए 2021 में। जैसे ही वे उस घर से बाहर आए वो मशीन गायब हो गई।

आज का दिन वे कभी नही भूलेंगे।

किंगडम 2.0

पिछले दो घंटे से अयंक अपने दोस्त इवान के साथ लैपटॉप पर किंगडम गेम खेल रहा था। उसे ये गेम बहुत ज्यादा पसंद था।

''ओह!! मैं जीत गया...'' अयंक खुश होकर जोर से बोला।

तभी मम्मी ने आकर पूछा... ''अरे!! क्या हुआ??''

''मम्मी, मेरा किंगडम देखो। मेरे पास कितने सारे शहर है। मैने सब को मार दिया। सबको हरा दिया और अब मैं इस किंगडम का किंग बन गया। अब मुझे केवल एक किंग को हराना है। उसके लिए मुझे इन सबको मारना होगा।''

अयंक ने कहा।

''हे भगवान... अयंक बेटा, ये मार पीट वाले खेल अच्छे नही होते। किंगडम जीतना क्या इतना जरूरी है..?'' मम्मी ने समझाते हुए कहा।

''ओह! मम्मी आपको कुछ नही पता। आप रहने दो।'' अयंक ने कुछ गुस्से से कहा।

तभी उसका हाथ लैपटॉप के एक बटन पर पड़ा और अचानक लैपटॉप रिबूट हो गया।

अयंक ने अपनी आंखें बंद की और टेबल पर सिर रख दिया।

जब उसने आंखें खोली तो देखा वो अपने किंगडम में था। उसके साथ उसका दोस्त इवान भी था। बिल्कुल वैसा किंगडम जैसा उसने अपने गेम में बनाया था।

उसे यकीन नही हो रहा था।

उन्होनें चारों ओर नजर घुमाई तो देखा बहुत सारे लोग थे। कुछ रो रहे थे तो कुछ किंगडम के राजा को बुरा भला कह रहे थे।

अयंक और इवान ने अपने बाजू में खड़े सैनिक से पूछा ... ''ये सब क्यों रो रहे है??''

उसने जवाब दिया... ''किंग, कल आपने ही तो अपना किंगडम बड़ा करने के लिए कई लोगो को मारा था आज उनके परिवार वाले दुखी है।''

अयंक और इवान कुछ समझ नही पा रहे थे कि आखिर लैपटॉप वाली गेम सच कैसे हो गई?? कैसे वे दोनो सच के राजा बन गए??

अयंक ने फिर से पूछा... ''अब सब ठीक कैसे होगा?''

इवान भी परेशान था। वो भी ये सब देखकर दुखी हो रहा था।

सेनापति बोला... ''जब आप आपके पास जितना है उतने में खुश रहेंगे। दूसरो से युद्ध नही करेंगे। दूसरे राजा से दोस्ती कर लेंगे।तब सब सही होगा।''

इवान और अयंक ने तुरंत कहा... ''हमें कुछ नही चाहिए। हम तो बस खुश रहना चाहते है और सबको खुश देखना चाहते है। सबसे कहिए कोई न लड़े।''

सेनापति ने सफेद झंडा दिखाया और दूसरे राजा ने युद्ध बंद कर दिया।

इवान और अयंक ने चैन की सांस ली।

दूसरे किंगडम का राजा और इवान, अयंक आपस में मिले। सभी ने आपस में हाथ मिलाया और प्रोमिस किया... कि वे कभी आपस में नही लड़ेंगे, बल्कि सब दोस्त बनकर रहेंगे।

दोनो दोस्त आँख बंद कर बैठ गए।

लेकिन आँख खोली तो उन्होंने देखा वो अपने असली घर में लैपटॉप के सामने थे।

उन्होंने किंगडम गेम खोला तो देखा सब कुछ ठीक था। सेनापति अब भी सफेद झंडा लिए खड़ा था, कोई लड़ाई नहीं थी बल्कि सब बहुत खुश थे।

इवान और अयंक ने वादा किया कि अब वो एक ऐसा खेल बनाएंगे जिसमे लोग आपस में लड़ेंगे नही बल्कि एक दूसरे की मदद करेंगे।

उन्हे समझ आया कि जब सब खुश होते हैं तो बहुत अच्छा लगता है।

उन्होंने कुछ समय बाद एक गेम बनाई और उसका नाम दिया किंगडम 2.0, जिसमे सब मिलकर दुनिया की भलाई के लिए काम करते है।

सतरंगी बचपन

छुक–छुक–छुक करती ट्रेन प्लेटफार्म पर आ गई।

"बच्चों, चलो अब सब जल्दी से अपनी–अपनी बर्थ पर जाकर बैठ जाओ।" मंजू टीचर ने कहा।

आज "विद्या पब्लिक स्कूल" के बच्चे पिकनिक के लिए शिमला जा रहे थे। सभी बच्चे बहुत उत्साही थे।

सभी बच्चे एक लाइन में खड़े हो गए जिनमें थे... नायरा, तारुष, भव्या, नमन, पीहू, यश, यति, अवयुक्ता, आरना, त्रिनभ, शिनॉय, इशानवी, परी, सांची, कृस्ला, बुलबुल, पूर्वी, प्राप्ती, भाविका, पूर्वी, यशस्वी, आरव, तन्वी, अवी, अर्जुन, राधा, अंचित, चैतन्य, सिद्धार्थ, रिशान, ईशा, राघव, ईशान, गिन्नी और दूसरे कुछ बच्चे दूसरी टीचर के साथ खड़े थे।

सभी बच्चे अपनी अपनी सीट पर बैठ गए और ट्रेन चलने लगी।

भाविका : "सारिका टीचर, मुझे विंडो सीट पर बैठना है।"

आद्रिका : "टीचर, मैं पहले से यही बैठी थी।"

तभी दर्शना टीचर बोलीः "चलो बच्चों, अब सब अपना–अपना टिफिन निकाल कर खा लो।"

नायरा : "परी, पूर्वी, अवि तुम सब भी आओ। हम एक साथ खायेंगे।"

आरवः "टीचर, क्या मैं नमन, त्रिनभ और शिनॉय के साथ टिफिन शेयर कर सकता हूँ।"

किरन टीचर ने सबको अच्छे से बिठा दिया।

पीहू : ''देखो, मैं सेंडविच लाई हूँ। बहुत यम्मी है। अव्युक्ता, आरना तुम क्या लाए??''

बुलबुल : ''अरे!!! ये देखो मैं तो मसाला चिप्स लाई हूँ। चटपटे और बहुत टेस्टी है।''

आरुष, सत्यव्रत, रेयांश, स्निग्धा, सिफल, तनवी और जीनल उछलकर फ्रिटर्स खाने पहुँच गए।

रीशान : ''वाह!! ये बहुत ही यम्मी है।''

ज्ञानंदा : ''मेरी मम्मी भी ऐसे ही बनाती है।''

अर्जुन : ''मुझे नही मिला, मुझे दो ना..''

राधा : ''अरे!! मुझे कैचअप चाहिए।''

सिफत : ''अरे! मेरी पानी की बॉटल कहा है??''

ज्ञानिशा : ''टीचर, मेरा आई डी कार्ड गुम हो गया।''

अपराजित : ''रुको, मैं देखता हूँ।''

श्रीयश : ''लगता है तुम घर पर भूल गई।''

ऋषि : ''नही, अभी तो था, मैने देखा था।''

सुरवि : ''इसलिए मैने आई कार्ड बैग में रख दिया। मैं बहुत स्मार्ट हूं।''

निवान : ''अरे! वहाँ देखो सीट के नीचे है।''

जसवंत : ''अरे! वो तो टिशु पेपर है।''

आन्या : ''ये लो तुम्हारा कार्ड, तुम मेरी सीट पर भूल गई थी।''

प्रथम : ''सबने मसाला चिप्स खा लिए??''

रिद्धि : सुनो, ''हम हमारे ग्रुप का नाम रखे??''

मनन : ''हा, चलो हमारे इस ग्रुप का एक नाम रखे।''

सत्यव्रत, आरुष, रेयांश, हर्षवर्धन, एकांश, इवान, अयंक, जसमीरा, संनुति, पांखी, वीरा, अनन्या, शौर्य, सभी ने अलग–अलग नाम बताए। तभी टीचर ने एक नाम सुझाया... ''सतरंगी बचपन''। ये नाम सबको बहुत पसंद आया।

''सतरंगी बचपन''

टीचर ने सबको अपनी–अपनी जगह सोने के लिए कहा।

लेकिन किसी को नींद नही आ रही थी।

तभी मुस्कान और खुशी ने कहानियों की किताब निकाली और सबको कहानी सुनाने लगी।

कुछ देर बाद सब सो गए।

सुबह टीचर ने सबको जगाया और कहा चलो हम स्टेशन पहुंच गए।

सब बच्चे ट्रेन से नीचे उतरे और होटल पहुंचे।

उन्होंने देखा होटल में दो आंटी सोफे पर बैठी थी और बच्चों को किताबे दे रही थी।

भव्या : ''आप सबको किताबे क्यों दे रही है?''

दीपाली आंटी : ''ये किताब हमने लिखी है और हम इसे सब बच्चों को दे रहे है।''

कृस्ला और सांची ने एक साथ पूछा... ''आप हमें भी देंगी??''

पायल आंटी : ''बिल्कुल, ये तो बच्चों के लिए ही लिखी गई है।''

यशस्वी : ''ईशानवी, देखो कितनी सुंदर किताब है।''

अवयुक्ता : ''मुझे तो कहानी पढ़ना बहुत पसंद है।''

विद्युत : ''इस किताब का क्या नाम है??''

दीपाली : ''सतरंगी बचपन'' नाम है इस किताब का। पायल जी और मैने कहानियाँ लिखी है।

सारे बच्चे जोर से बोले... ''सतरंगी बचपन!!!!!!'' अरे! ये तो हमारे ग्रुप का नाम भी है।

पायल : ''अरे! ये तो बहुत अच्छी बात है।''

दीपाली : ''किताबे हमारी सबसे अच्छी दोस्त होती है। किताब पढ़ना बहुत अच्छी आदत है।''

पायल : ''चलो, आप सब भी सतरंगी बचपन की एक–एक कॉपी ले लीजिए और मजे कीजिए।''

सभी बच्चे प्यारी किताब पाकर खुश हुए और पिकनिक और कहानियों को खूब एंजॉय किया।

दीपाली किरन
की कहानियाँ

चींटी की हाई हील

ऐना नाम की एक चींटी बहुत ही घमण्डी थी। वह हमेशा अपनी साथी चींटियों को नीचा दिखाने की कोशिश में लगी रहती थी। एक बार वह बाजार से अपने लिए सुंदर सी ऊँची हील की सैंडल्स लायी। उसे पहन कर उसे लग रहा था कि वह अपनी सारी साथी चीटियों से बहुत लंबी हो गयी है। ये देख उसकी खुशी का ठिकाना ही नही था अब तो हरदम वह अपनी ऊंची हील्स पहने रहती थी ताकि वह अपनी सारी सहेलियों पर धाक जमा सके। ऊँची हील्स के सैंडल्स पहनने से कभी–कभी चींटी के पैरों में सूजन भी आ जाती थी और वह दर्द से करहाती भी थी। उसकी साथी सहेलियां उसको हमेशा समझाती थीं कि उसे इन्हें किसी पार्टी में पहनना चाहिए न कि हमेशा। पर घमंडी ऐना उन्हें हमेशा मुँह बिचकाते हुए यहीं बोलती "हुँह तुम लोगों को क्या पता फैशन क्या होता है। सच तो ये है तुम लोग मुझसे जलती हो। मैं तुम लोगों से सुंदर जो दिखती हूँ इन ऊँची हील्स में। कितनी लंबी कितनी प्यारी मैं तो सुन्दर राजकुमारी। अब तो मैं ये ऊँची हील्स कभी भी नही उतारूंगी कभी भी नही।" कहते हुए वह इतरा कर हमेशा चल देती। अब तो उसकी साथी चीटियों ने उससे कुछ भी कहना छोड़ दिया था क्योंकि उसका मिजाज दिन पर दिन सबके प्रति खराब होता जा रहा था।

एक बार की बात है जब सारी चींटियां बारिश के मौसम आने की तैयारियों में जुटी हुई थीं सभी एक दूसरे की मदद से

भण्डारघर मे खाने का सामान भर रहीं थीं तभी ऐना को एक चॉकलेट बिस्किट का टुकड़ा दिखा उसने सोचा वह ये बात किसी को नही बताएगी। अपने पास बिस्कुट रख कर चुपके से मजे से खायेगी। इसलिये उसने तय किया कि वह अकेले ही वह टुकड़ा अपने घर तक पहुँचाएगी। बारिश की तैयारी में जुटी उसकी सारी सहेलियों ने उसे फिर से मना किया कि वह अपनी हाई हील्स उतार कर ही भारी सामान उठाये पर उसने किसी की एक न सुनी। अब तो वह सबसे छुपा कर चॉकलेट बिस्कुट का भारी टुकड़ा उठा के अपने घर ले जा रही थी कि अचानक से उसका पैर मुड़ गया और वह वहीं पर जोर से गिर पड़ी और जोर–जोर से चिल्लाने लगी "हाय मैं मर गयी मेरे पैरों में बहुत दर्द हो रहा है। आह मैं चल नही पा रही।" उसकी जोरों की चीख सुन कर उसकी साथी चींटिया दौड़ कर उसके पास पहुँची। सबने उसको सहारा देकर उठाया

और डॉक्टर के पास ले गईं डॉक्टर ने उसके एक पैर पर प्लास्टर चढ़ाया क्योंकि उसका पैर मुड़ने से टूट गया था। अब तो वह बारिश की तैयारियां भी नही कर सकती थी क्योंकि उसको डॉक्टर ने एक महीने के लिए आराम करने को बोला था। वह इस बात को सोच कर जोर–जोर से रोने लगी और कहने लगी "अब मेरा क्या होगा मैं तो बिस्तर से उठ भी नही सकती, मैने तो अभी तक बारिश आने की कोई तैयारी भी नही की है, अब तो मैं भूखी ही मर जाऊंगी।" उसकी साथी चींटियों में से एक ने कहा "ऐसे कैसे भूखी मर जाओगी? हम हैं न तुम्हारा ख्याल रखने के लिए। हम लाएंगे तुम्हारे लिए खाना। तुम चिंता मत करो, तुम बस आराम करो बस।"

और फिर सारी चींटियां एकजुट होकर ऐना की मदद करने में जुट गयीं। कोई ऐना के लिए फल लाता कोई मिठाई कोई दवाई। ये सब देखकर ऐना अपने किये पर बहुत ही शर्मिंदा हुई। और उसने सहेलियों को पास बुलाकर हाथ जोड़ते हुए कहा "मुझे माफ कर दो तुम सब लोगों ने मेरे इतने बुरे व्यवहार करने के बावजूद मेरी कितनी मदद की मैं बहुत शर्मिंदा हूँ।" फिर उसकी सारी सहेलियों ने ऐना को गले लगाते हुए कहा "तुमको शर्मिंदा होने की कोई जरूरत नही है बहन तुम्हारा व्यवहार अब बदल चुका है और अब तुम हमारी हमेशा के लिए अच्छी दोस्त बन गयी हो। बस तुम अगर हमारी सलाह पहले मान लेती तो आज तुमको यूँ चोट न लगती।"

ऐना ने सर झुकाते हुए कहा "तुम सही कहती हो बहन मुझे एक सीख मिली है कि हमको ऊँचा हाई हील्स नही हमारा व्यवहार बनाता है", फिर सब मुस्कुराने लगे।

पंखु और लूना

एक बार की बात है पंखु नाम की मधुमक्खी तालाब के किनारे उदास बैठी थी। तभी वहाँ पर लूना लेडी बग आयी और उसके पास आकर बैठ गयी। पंखु को यूँ उदास देख लूना से रहा नहीं गया उसने उससे पूछा ''बुरा मत मानियेगा पर आप कुछ उदास दिख रहीं हैं क्या मैं आपके किसी काम आ सकती हूँ?''

पंखु ने कहा ''नहीं बस यूँ ही कल हम सब रंगोली तितली के घर गए थे। उसका जन्मदिन था। उसने बहुत ही अच्छी पार्टी रखी थी अपने घर पर। हम सबने खूब मजे किये फिर छेनी छिपकली ने अपनी पूँछ पर गुब्बारे बांध कर खूब करतब दिखाए और कोकी कोयल ने सभी को गाना सुनाया। हम सब को खूब मजा आया इसी तरह सभी ने कुछ न कुछ करके सभी का मनोरंजन किया। फिर सबने मुझसे गाना गाने को कहा जैसे ही मैने गाना शुरू किया कुछ लोग ये कह कर मेरी हंसी उड़ाने लगे कि मैं नाक से गाती हूँ। मुझे गाना बहुत पसंद है पर मैं अब कभी नहीं गाऊँगी, लोग मुझ पर हंसते हैं। सभी को कुछ न कुछ आता है मुझे कुछ नहीं आता अब से मैं किसी पार्टी में नही जाऊंगी।'' कहते हुए पंखु रोने लगी।

''आप ऐसा क्यों सोचती हैं कि आपको कुछ नही आता सारी पार्टियों में मिठाई तो खासकर आपके यहाँ से ही तो बनकर जाती हैं।'' लूना ने कहा।

''पर आपको कैसे पता? कि मेरी हनी स्वीट्स की शॉप है?'' पंखु ने आश्चर्य से पूछा।

''मैंने आपकी मिठाइयों की बहुत तारीफ सुनी थी इसलिए मैं आपका पता ढूंढते हुए रोजी गुलाब के पास पहुची। उसी ने मुझे आपका पता बताया और वह तो आपकी बहुत तारीफ

भी कर रहा था कि उसको आपकी आवाज बहुत पसंद है।'' लूना ने कहा।

''क्या रोजी ने ऐसा कहा?'' पंखु ने आंसू पोंछते हुए पूछा।

''हाँ मैं सच कह रही हूँ और आपकी मिठाइयाँ तो दूर–दूर तक मशहूर हैं। इसीलिए तो कल मैं अपनी बहन बिगू के जन्मदिन की पार्टी के लिए आपसे मिठाई खरीदने आयी थी।'' लूना ने कहा।

''ये तो बहुत अच्छी बात है मैं जरूर आपकी पार्टी के लिए मिठाई बनाऊंगी और रोजी के लिए गाना भी गाऊँगी।'' पंखु ने खुश होते हुए कहा।

''सिर्फ रोजी के लिए नही क्या आप कल हमारी पार्टी में आएंगी मुझे नाचने का बहुत शौक है अगर आप गाना गाएंगी और मैं नाचूंगी तो पार्टी में चार चांद लग जाएंगे।'' लूना ने पंखु से विनती की।

पंखु ने थोड़ा हिचकिचाते हुये पूछा ''पर मैं कैसे?''

''आपके बारे में मैने सिर्फ रोजी से ही नही बल्कि सनी सनफ्लॉवर और मेरी से भी सुना है। आप मुझे यदि एक गाना सुनाएंगी तो बहुत अच्छा लगेगा।'' लूना ने फिर से विनती की।

तो पंखु ने इस बार गाना शुरू किया। जैसे ही पंखु ने गाना शुरू किया पास में बैठे झिंगू झींगुर से रहा नही गया और वह अपना गिटार लेकर बजाने लगा और लूना ने नाचना शुरू किया। आस पास के सारे जुगनुओं ने अपनी लाइट से डी जे फ्लोर बना दिया। सभी लूना और पंखु कि तारीफ करते नही थक रहे थे। अगले दिन दोनो ने मिलकर पार्टी में चार चाँद लगा दिए और वह हमेशा के लिए एक दूसरे के सबसे अच्छे दोस्त वन गए।

इकली बनी डॉक्टर

इकली नाम की बत्तख बहुत ही होनहार थी। उसे बचपन से ही डॉक्टर बनने का बहुत शौक था पर सारी चिड़िया उसका मजाक बनाती थीं कि तुम तो ठीक से उड़ भी नही पाती हो और सारे पंछियो की डॉक्टर कैसे बनोगी। तुम्हारी तो चोंच भी किसी काम की नही। हम तो अपना ईलाज झोलू बगुले से ही कराएँगे। इकली की माँ हमेशा यहीं कहती कि झोलू तो इतना पढ़ा लिखा भी नही है बस बगुला है न इसलिए उसकी चोंच लम्बी होने की वजह से वह सबकी जाँच अच्छे से कर लेता है इसीलिए सब उस पर इतना भरोसा करते हैं। पर इकली पर मजाक बनाने वालों की बातों का कोई प्रभाव नही पड़ता। वह बस अपनी मेहनत और लगन से सिर्फ पढ़ाई में ही ध्यान लगाती और एक दिन इकली की मेहनत रंग लाई और वह डॉक्टर बन गयी पर अभी भी कोई उससे ईलाज कराने नही जाता।

एक बार की बात है झोलू बगुला अपने भोजन की तैयारी में तालाब में एक पैर डाले खड़ा था तभी कुछ जोंक उसके पैरों में चिपक गए। झोलू दर्द से चिल्लाने लगा तभी उसके सारे दोस्तों ने उसकी मदद करने की कोशिश की पर कोई जोंक को छुड़ा नही पाया एक गौरैया ने सलाह दी कि क्यों न इन्हें इकली के पास ले जाया जाए। सब लोग मिलकर

झोलू को इकली के पास ले गए। इकली ने देखा जोंक काफी गहराई तक घुस चुके थे इसलिए इकली ने कहा इनका तो ऑपरेशन करना पड़ेगा। तभी झोलू बोला जो करना है जल्दी करो डॉक्टर मुझे बहुत दर्द हो रहा है। इकली ने झट से ओटी में ले जाकर झोलू का ऑपरेशन किया और कुछ दवाइयां भी लिखीं कुछ ही दिनों में झोलू स्वस्थ हो गया। सारे पक्षी इकली कि प्रशंसा करते नहीं थक रहे थे और सब अपने बच्चों को इकली जैसा होनहार बनने की प्रेरणा दे रहे थे। अब इकली पंछियो की फेवरेट डॉक्टर बन गयी थी।

टिंटू और टूथफेरी

टिंटू नाम का चूहा अपने बिल में मौज से रहता था। कभी वह म्यूजिक सुनता कभी नए–नए पकवान बनाता और मस्त रहता। एक दिन वह अपने सोफे पर बैठे पॉपकॉर्न खाते हुए टी वी देख रहा था। तभी उसके सिर पर एक पत्थर गिरा और उसके सिर पर चोट लग गयी। उसको बहुत गुस्सा आया। उसने तुरन्त अपने बिल से बाहर निकल कर देखा तो वहाँ तनुज खड़ा था। जिसके घर मे टिंटू बिल बना कर रहता था। टिंटू को समझ मे आ गया कि जरूर ये तनुज की बदमाशी है जो उसने एक पत्थर उसके बिल में फेंका है ये मुझे परेशान करना चाहता था। ये मुझे छोटा सा चूहा समझता है कि मैं कुछ कर नही सकता अब मैं इसको सबक सिखाता हूँ और उसने ऐसा सोचते हुए अपने सिर पर बर्फ लगाई और निकल गया तनुज के कमरे की ओर। वहां उसने तनुज की स्कूल की कापियां और सुंदर कपड़ों को कुतर दिया। ताकि तनुज का नुकसान करके उसको सबक सिखा सके। अब वह उसकी फेवरेट रिमोट कार को कुतरने ही जा रहा था कि तनुज अचानक कमरे में आ गया। 6 साल का छोटा सा तनुज अपने हाथ जोड़कर बिस्तर पर बैठ गया। टिंटू ये सब परदे के पीछे छिपकर देख रहा था। तभी वहाँ तेज रोशनी के साथ एक परी प्रकट हुई। और उसने तनुज से कहा "आंखे खोलो तनूज"।

तनुज ने अपनी आंखें खोली तो पाया उसके सामने गुलाबी चमकीली ड्रेस पहने एक प्यारी सी परी खड़ी थी। तेज रोशनी से टिंटू की आंखे भी चौंधिया गयीं।

तनुज ने कहा "टूथ फेरी आप आ गईं? मझे लगा आप नही आओगी।"

ये सुनकर टूथफेरी ने मुस्कुराते हुए कहा "ऐसे कैसे नही आती मैं? जब मासूम बच्चे सच्चे दिल से मुझे बुलाते हैं तो मैं जरूर जाती हूँ उनके पास। तुम बताओ आज तुम इतने उदास क्यों हो?"

"आपको तो पता है टूथफेरी आज मेरा दूध वाला एक दाँत टूट गया। मेरी दादी ने उसे चूहे के बिल में डालने के

लिए कहा ताकि मेरे नए दाँत अब चूहे की तरह मजबूत आये। इसीलिए मैंने वह दाँत चूहे के बिल में डाल दिया। सुना है कि चूहे के दाँत मजबूत होते हैं।''

ये बात कहते हुए टिंटू का सीना गर्व से चौड़ा हो गया।

टूथफेरी ने कहा ''हाँ। अब तुम चिंता मत करो तुम्हारे दांत बिल्कुल चूहे की तरह मजबूत निकलेंगे। फिर तुम यूं उदास क्यों हो? और मुझे क्यों बुलाया है?''

''क्योंकि घर पर सब मेरा मजाक बना रहे हैं और बार–बार कह रहे हैं हंस कर दिखाओ। और मुझे ये बात बिल्कुल अच्छी नही लग रही। इसलिये मैं चाहता हूँ आप मेरे दाँत अभी वापस लगा दीजिये।'' तनुज ने उदास होते हुए कहा।

''देखो तनुज तुम एक प्यारे से छोटे बच्चे हो सब तुम्हारा मजाक नही बना रहे बल्कि इन टूटे दांतो से तुम्हारी हँसी

और भी प्यारी लग रही है इसीलिए सब बार–बार तुम्हारे नए चेहरे की नई हंसी देखते हैं और खुश होते हैं तुम क्या सोचते हो ऐसा सिर्फ तुम्हारे साथ हुआ है? ऐसा सबके साथ होता है और तुम्हारे परिवार वालो के दाँत भी बचपन में टूटे थे। और समय पर वापस भी आ गए। तुम चिंता मत करो तुम्हारे दाँत भी जल्द ही वापस आयेंगे पर हाँ याद रहे इसके लिए तुम हंसते रहना उदास कभी मत होना। अच्छा अब मैं चलती हूँ मुझे तुम्हारे और भी दोस्तों को ये बात समझानी है।'' कहते हुए टूथफेरी वहाँ से जाने लगी और टूथफेरी की बात सुनकर तनुज आराम से सो गया।

टूथफेरी को जाता देख टिंटू ने पर्दे के पीछे से आवाज लगाई ''टूथफेरी रुकिये टूथफेरी अभी मत जाइए मुझे आपकी मदद की जरूरत है टूथफेरी।''

''अरे क्या हुआ नन्हे चूहे तुमने मुझे क्यों रोका?'' टूथफेरी ने आश्चर्य से पूछा।

''टूथफेरी मैने परदे के पीछे से आपकी और तनुज की बातें सुनी, मैं तनुज के घर मे ही बिल बना कर रहता हूं तनुज ने मेरे ही बिल में अपने टूटे हुए दाँत को डाला था पर मुझे लगा कि उसने मुझे चोट पहुँचाने के लिए जानबूझकर पत्थर फेंका है। इसलिये मैने गुस्से में उसे सबक सिखाने के लिए उसके सुंदर कपड़े और कॉपियों को कुतर दिया है पर जब मुझे पता चला कि वह तो मेरी तारीफ कर रहा था तो मैं बहुत शर्मिंदा हूँ। क्या आप मेरी एक मदद करेंगी? आप उसके सारे सामानों को पहले जैसा कर देंगी? नहीं तो वह सुबह इन कुतरे हुए

सामान को देखकर बहुत उदास हो जाएगा और मैं खुद को कभी माफ नही कर पाऊंगा।" कहते हुए टिंटू रोने लगा।

"तुम परेशान मत हो नन्हे चूहे मैं उसके सामानो को फिर से ठीक कर देती हूं। और तुम्हारी चोट को भी। और तनुंज के नए दाँत जल्द ही आएंगे।" कहते हुए टूथफेरी ने छड़ी घुमाई और सब पहले जैसा हो गया और टिंटू की चोट भी ठीक हो गई। टूथफेरी वहाँ से मुस्कुराकर चली गयी।

टिंटू ने हर दिन तनुज के दांतों के लिए प्रार्थना की और अनुज के चूहे जैसे दांत जल्द ही वापस आ गए।

झाग वाला साबुन

''अरे वाह तारुश तुम अपने बबल मेकर से कितने अच्छे बबल बना रहे हो'' मान्या ने खुश होते हुए तारुश से कहा जो पार्क में आज अपना बबल मेकर लाया था।

''हाँ ये मेरे पापा लाये हैं सिंगापुर से। इसमें बहुत बड़े बबल बनते हैं और बहुत देर तक रहते हैं।'' तारुश ने ऐंठते हुए कहा।

''अच्छा क्या तुम मुझे ये खेलने के लिए दोगे?'' मान्या ने तारुश से पूछा।

''नही तुम इसे खराब कर दोगी। मेरे पापा ये मेरे लिए लाए हैं।'' तारुश ने कहा।

''ठीक है तुम मुझे अपने टॉयज नही दे रहे हो न, मैं भी अपने टॉयज तुमको नही दूंगी खेलने के लिए। मेरे पापा भी यू एस ए से मेरे लिए ढेर सारे टॉयज लाते हैं और मैं तो तुमसे अच्छा बबल मेकर खरीदूंगी। मैने देखा है मेरे पापा के पास ढेर सारे पैसे हैं। वो मेरे लिए तुमसे भी बड़ा टॉय लाएंगे और आज शाम को तो मेरे मम्मी पापा पार्टी में जा रहे हैं। सिर्फ मैं और मेरी दादी ही घर पर रंहेंगे तब मैं मम्मी के साबुन से खूब सारा झाग बनाऊंगी और बबल भी।'' मान्या ने गुस्से में कहा।

मान्या और तारुश की ये बातें दो चोर जिनका नाम मोलू गोलू था पेड़ के पीछे बैठे सुन रहे थे। उन दोनों की बातों

से दोनों चोरों को ये एहसास हो गया कि दोनों के घर मे बहुत पैसा है। ''सुना मोलू दोनों के घर मे बहुत पैसा है।''

''हाँ और इस लड़की के मां बाप भी आज शाम को घर पर नही रहेंगे। आज हम इसके घर मे आसानी से चोरी कर सकते हैं।'' मोलू ने कहा।

शाम को मान्या के मम्मी पापा के जाने के बाद दोनों चोर भेश बदल कर सेल्समैन के कपड़े पहनकर मान्या के दरवाजे पर पहुंच गए। जैसे ही डोर बेल बजी मान्या की दादी ने दरवाजा खोला, मान्या भी दादी के पीछे आ खड़ी हुई।

दादी को देखकर सेल्समैन मोलू ने कहा ''मैम ये देखिए हमारे पास कितना अच्छा बबल मेकर है। बच्चों के लिए ले लीजिए।''

"नही हमें नही चाहिए।" कहकर दादी ने दरवाजा बंद करना चाहा,तभी मान्या जिद करने लगी "ले लो न दादी। मुझे ये दिला दो वरना मैं जोर–जोर से रोऊँगी।"

दादी मान्या की इस जिद से डर गयीं और उन्होंने वापस दरवाजा खोला और कहा "अच्छा दिखाओ क्या है तुम्हारे पास?"

"मैम हम आपको डेमो दिखाते हैं।" गोलू ने अपने बैग से एक केमिकल का पैकेट निकाला और एक बकेट में पानी भर कर उसे घोलने लगा।

तभी दादी ने पूछा "ये क्या घोल रहे हो?"

तो मोलू ने जवाब दिया "ये झाग वाला साबुन है इसी की मदद से ही तो बड़े–बड़े बबल बनेंगे इस बबल मेकर से।"

तान्या ये सुनकर बहुत खुश हुई।

तभी मोलू ने उस पैकेट से और ज्यादा साबुन पानी में मिला दिया। देखते ही देखते उसमे एकदम तेजी से बुलबुले बनने लगे और चारो और झाग ही झाग फैल गया। दादी और मान्या फैलते झाग को देखकर एक कमरे की तरफ भागी और तभी पीछे से गोलू ने उस कमरे का दरवाजा बाहर से बंद कर दिया। अब दोंनो चोर इत्मीनान से घर का सारा सामान बटोरने में लग गए। मान्या और दादी जोर–जोर से दरवाजा पीट रहे थे और चिल्ला रहे थे।

चोरो ने घर का कीमती सामान अब तक भर लिया था। तभी मान्या के मम्मी पापा वहाँ आ पहुँचे। वह चोरो को देखकर घबरा गए और उन्होंने शोर मचा कर आसपास के

लोगों को बुला लिया। सबकी मदद से चोरों को पुलिस को पकड़ाया गया। अब तक मान्या को सारा माजरा समझ मे आ चुका था कि जरूर इन चोरों ने हमारी बात पार्क में सुन ली होगी और वह खुद पर शर्मिंदा थी।

उसने घर के सभी बड़ों से माफी मांगी और सबने उसको आगे से सतर्क रहने के लिए कहा।

तभी दादी ने मान्या के मम्मी पापा के आने का कारण पूछा। तो मान्या की मम्मी ने बताया कि वे पार्टी में ले जाने वाले गिफ्ट की बजाय वो गिफ्ट लेकर चले गए थे, जो उसके पापा मान्या के लिए लाए थे। इसलिए वह आधे रास्ते से लौट आये थे।

मान्या ने अपना गिफ्ट खोला तो देखा उसमें भी बबल मेकर था। मान्या गिफ्ट देखकर रोने लगी और अपने मम्मी पापा के गले लगकर बोली "आप लोग मेरे कहने से पहले ही मेरे लिए कितना कुछ करते हैं अब मैं कभी जिद नही करूँगी।"

और सबने मान्या को प्यार से गले लगा लिया।

मम्मी को कुछ नही आता

आँचल हमेशा अपनी मम्मी की बातों को अनसुना कर देती थी। उसकी मम्मी जब भी उसे कोई अच्छी बात सिखाती तो वह यह कह कर टाल देती की मम्मी आपको तो कुछ नही आता। ''आँचल को लगता था कि उसकी मम्मी घर पर रहती हैं ऑफिस नहीं जाती इसलिए उसकी मम्मी को घर संभालने और खाना बनाने के सिवा कुछ भी नही आता।''

वह तो पढ़ाई में भी अपने पापा की ही मदद लेती थी। इस बात से आँचल की मम्मी हमेशा दुखी रहने लगीं। एक बार पार्क में आँचल की मम्मी उदास बैठी थीं। तभी अचानक से धड़ाम की आवाज आयी।

आँचल की मम्मी ने पलट कर पीछे देखा। आँचल की बेस्ट फ्रेंड तान्या झूले से गिर गयी थी। पार्क में सबकी मम्मी ने भीड़ लगा ली पर तान्या की कोई मदद नहीं कर पा रहा था। क्योंकि वह किसी को खुद को हाथ नही लगाने दे रही थी और उसकी मम्मी भी अभी ऑफिस से नहीं आईं थीं। वो मेड के साथ पार्क में खेलने आई थी।

तभी आँचल की मम्मी ने भीड़ को किनारे करते हुए तान्या को प्यार से पुचकारा और चोट की जगह पूछी उसने बताया कि उसकी घुटने में बहुत दर्द हो रहा है। फिर आँचल की

मम्मी ने एक रुमाल की मदद से तिकोनी पट्टी बनाकर कर तान्या को फर्स्ट एड दिया और फिर उसे कार चलाकर डॉक्टर के पास ले गयी।

आँचल ये सब देखकर दंग थी। तान्या के मम्मी पापा ने हॉस्पिटल पहुंच कर आँचल की मम्मी को बहुत धन्यवाद किया।

रात को डिनर के टेबल पर आँचल ने अपनी मम्मी से पूछा कि आपने तान्या का फर्स्ट एड इतने अच्छे तरीके से कैसे किया? तो उसके पापा ने हँसते हुए कहा "तुम्हे पता नही तुम्हारी मम्मी ने मेडिकल की पढ़ाई की हैं। वो तो तुम्हारे जन्म के बाद उन्होंने इसलिए प्रेक्टिस छोड़ दी ताकि तुमको अच्छी परवरिश मिल सके।"

आँचल ने आश्चर्य से अपनी मम्मी की ओर देखा और फिर पूछा "और मम्मी आप तो कार भी चला लेती हो फिर कभी ड्राइव क्यों नही करती?"

मम्मी ने मुस्कुरा कर जवाब दिया "वह तो मुझे बैकबोन में तकलीफ की वजह से डॉक्टर ने कार चलाने के लिए मना किया था। इसलिए मैं कभी ड्राइव नही करती।" आँचल अपनी मम्मी के प्रति किये व्यवहार से बहुत शर्मिंदा हुई। तभी उसके पापा ने टेबल पर आइस क्रीम लाकर रखी और कहा "बेटा अभी तो तुम सिर्फ सात साल की हो पर जैसे–जैसे तुम बड़ी होगी तुम्हे तुम्हारी मम्मी के और भी टेलेंट का पता चलेगा तुम्हारी मम्मी प्रतिभाओं का पिटारा है।" आँचल गर्व से अपनी मम्मी को देख रही थी।

बोगलु के रंगीन पत्थर

एक समुंद्र में बोगलु नाम की एक सुंदर छोटी मछली रहती थी। वह देखने मे तो बहुत सुंदर थी, समुंद्र में उसका बहुत बड़ा और सुंदर केसल भी था और खेलने के लिए सुंदर रंगीन पत्थर भी थे।

पर स्वभाव से बहुत ही नखरीली थी अपने पत्थर वह किसी के साथ नही खेलती थी और सबको अपने बड़े घर की अकड़ दिखाती थी।

इसी वजह से उसकी किसी से दोस्ती भी नही हो पाती थी। इसी कारण से सारी मछलियों ने तय किया कि कोई भी इतनी नकचढ़ी घमंडी मछ्ली से दोस्ती नही करेगा।

इसलिए अब वह अकेले रहने लगी थी। और हमेशा बोर होने लगी थी।

उसके घर मे कुछ मछलियां साफ सफाई का काम करती थीं। उसमे एक पोचुन नाम की मछली हमेशा बोगलु से दोस्ती करना चाहती थी।

पर बोगलु हमेशा उसको अनदेखा कर देती थी।

बोगलु को तो बड़े घर की हाई फाई मछलियों से ही दोस्ती करना पसंद था। पर उसके स्वभाव के कारण अब उसकी कोई भी दोस्त नही थी। एक दिन छोटी मछलियों के मोहल्ले में शार्क मछली ने हंगामा कर दिया सारी छोटी मछलियों ने एक दूसरे को पकड़ कर वहाँ से एक दूसरे को मोहल्ले से बाहर निकाला पर बोगलु ने किसी का हाथ नही पकड़ा क्योंकि वह सबसे अपनी नाराजगी जता रही थी।

तभी एक लुई नाम की एक मछली ने बोगलु को समझाते हुए कहा "पागल मत बनो बोगलु ये समय नाराज होने का नही है। तुम हमारे हाथ पकड़ो हम तेजी से यहाँ से भाग जाएंगे वरना शार्क हम सबको खा जाएगी।"

"नहीं जब मैं तुम लोगों से दोस्ती करना चाहती थी तब तुम लोग भाव खाती थी। तुम्हे पता है मैं कितना बोर होती थी अकेले उन रंगीन पत्थरों से खेल–खेल कर। अब मुझे तुम लोगों का साथ नही चाहिए मैं अकेले भी भाग सकती हूँ।" कहते हुए बोगलु अपने रंगीन पत्थर पैक करने लगी।

लूई ने फिर बोगलु को समझाया ''ये समय पत्थर पैक करने का नही है शार्क हमे कभी भी ढूंढ सकती है तुम चलो हमारे साथ।''

''मुझे पता है मेरे पास इतने सुंदर पत्थर देखकर तुम लोग मुझसे जलती हो इसीलिए ऐसा कह रही हो।'' बोगलू ने बहुत ही कठोरता से कहा।

ये सुन लूई वहाँ से चली गयी। बोगलु पत्थर को धक्का मार कर धीरे–धीरे वहां से जाने लगी तभी शार्क ने उसे देख लिया, शार्क उस पर तेजी से लपकी अचानक से पोचुन वहाँ पहुंच गई जो कि मार्केट कुछ सामान लेने गयी थी।

पोचुन ने तुरंत तेजी से जाकर पत्थरों पर जोर–जोर से अपनी पूँछ हिलाई जिससे पत्थर पानी मे उछले और नजारे को धुंधला कर दिया और एक पत्थर शार्क की आंख में जा लगा और वह दर्द से तड़प उठी तभी मौके का फायदा उठाकर कर बोगलू और पोचुन वहाँ से भाग निकली।

भागते–भागते दोनों दूर जाकर रुकी। अब बोगलु को समझ में आ चुका था कि दोस्ती में ऊंच नीच नही देखा जाता। अब पोचुन बोगलु की हमेशा के लिए सबसे अच्छी दोस्त बन चुकी थी। दोनों साथ मे खूब मस्ती करते, खेलते और दोनों ने मिलकर खूब सारे रंगीन पत्थर इकट्ठा कर लिए थे।

चाँद टूट गया

एक जंगल में जेरु नाम का एक जिराफ था। उसकी गुन्नू गिलहरी से बहुत अच्छी दोस्ती थी। गुन्नू गिलहरी जेरु की लंबी गर्दन की तारीफ हर किसी से करती रहती थी।

एक दिन उसने चीनू चूहे से जेरु की लंबी गर्दन की तारीफ करते हुए कहा ''तुम्हें पता है जेरु की लंबी गर्दन के बड़े फायदे हैं वह कमजोर डाली पर लटके ताजे फलों को भी तोड़ कर मुझे दे देता है जिस पर मैं कभी नहीं जा सकती।''

''अच्छा ऐसा है पर ऐसी गर्दन भी किस काम की उसकी लंबाई की वजह से कोई उससे दोस्ती भी ना कर सके।'' चीनू ने जेरु की खिल्ली उड़ाते हुए कहा।

''तुम्हें क्या पता मेरे प्यारे दोस्त के बारे में। उसकी ऊंची गर्दन की वजह से चांद भी उसका दोस्त है।

मैंने देखा है उसे वह चांद से बातें करता है। ?'' गुन्नू ने इतराते हुए कहा।

''अच्छा चांद से बातें? तुमने देखा है उसे चांद से बातें करते हुए?'' चीनू ने आश्चर्य से पूछा।

''हां मैं तो रोज ही देखती हूं। चाँद से जेरु की काफी गहरी दोस्ती है दोनों रात में घंटों बातें भी करते हैं तुम चाहो तो तुम भी देख सकते हो।'' गुन्नू ने कहा।

''अच्छा तो ठीक है मैं भी देखूंगा कि जेरु चांद से क्या बातें करता है।'' चीनू ने उत्साह जताते हुए कहा।

यह सुनकर गुन्नू के होश उड़ गए। उसने मन में सोचा चीनू को पता लग गया कि मैं झूठ बोल रही थी तो वह सारे जंगल में सबको बता देगा और जेरु की बदनामी हो जाएगी। उसने सारा किस्सा जेरु को सुनाया तो जेरु ने गुन्नू पर बहुत नाराजगी जताई और उसने चीनू को सब सच बताने के लिए कहा। पर मन ही मन जेरु भी अपनी बदनामी से डर रहा था।

फिर दोनों ने मिलकर एक प्लान बनाया। गुन्नू पास के गांव से एक सफेद रंग की प्लेट चुरा लाई और उसने चांद जैसी चमक लाने के लिए जुगनुओं की मदद ली।

जब रात हुई तो चीनू जेरु से मिलने आ धमका।

''क्या बात है जेरु भाई मैंने सुना है कि आप चांद से बातें करते हो, जरा मुझे भी दिखाइए कि आप दोनों कैसे और क्या बातें करते हो।'' चीनू ने उत्साह से कहा।

''क्यों नही आज जरूर मिलाता हूँ मैं चाँद से। ऐसा करो तुम मेरे पैरों से चढ़ते हुए मेरी गर्दन तक पहुंचो, वरना तुम इतने नीचे से कैसे समझ पाओगे कि मैं चांद से क्या बात करता हूं।'' जेरु ने कहा।

यह सुनकर चीनू ने कहा ''जरूर मैं आ रहा हूं चांद देखने।'' चीनू ने जेरु के पैरों के सहारे ऊपर चढ़ना शुरू किया। अभी वह आधे पैरों तक ही पहुंचा था कि वह थक कर बेहाल हो गया वह कोशिश करते हुए किसी तरह उसकी आधी गर्दन तक ही पहुंचा और हांफते हुए जेरु से बोला ''जेरु भाई बस मैं अब नहीं चढ सकता मैं बहुत थक गया हूं। आप मुझे यहां से ही चांद से मिलवा दीजिए।''

जेरु यह सुनकर खुश हुआ क्योंकि वह नहीं चाहता था कि चीनू और ऊपर तक आए और उसकी पोल खुल जाए

उधर ऊपर पत्तियों के पीछे गुन्नू गिलहरी सफेद रंग की प्लेट लेकर छुप गई और ढेर सारे जुगनू प्ले के पीछे छुप कर बैठ गए ताकि आगे से प्लेट चांद जैसे चमके।

अब जेरु ने चाँद से बातें करना शुरू किया। चीनू जेरु की आधी गर्दन से लटका सब देख रहा था। जेरु ने चांद की ओर देखते हुए कहा "कैसे हो मेरे दोस्त चंदू लगता है आज जल्दी खाना खा लिया तुमने।" उधर प्लेट के पीछे से गुन्नू गिलहरी ने आवाज बदलकर कहा "हां जेरु मैंने आज दूध मलाई खाई है और मैंने आज जल्दी खाना खा लिया क्योंकि आज मुझे छोटे–छोटे बच्चों को मीठे सपने बांटने जाना है इसलिए मैं कल तुमसे बात करूंगा तुम तो मेरे बहुत प्यारे और नेक दिल दोस्त हो अगर मैं तुमसे एक दिन बात ना करूं तो मुझे खुशी नहीं मिलती। अच्छा दोस्त मैं तुमसे कल मिलूंगा। गुन्नू को भी गुड नाइट कहना बाय।" चंदू की आवाज में गुन्नू गिलहरी ने आवाज बदलते हुए कहा। जेरु ने भी प्यार से चंदू को बाय कहा।

यह देखकर चीनू चूहे के तो होश ही उड़ गए वह फटाफट जेरु की गर्दन से उतरा और भागते हांफते जंगल की ओर दौड़ा और चिल्ला चिल्ला कर कहने लगा कि जेरु तो चांद से बातें करता है।

हर एक जानवर से उसने यह बात कही। धीरे–धीरे सारे जंगल मे ये बात आग की तरह फैल गयी कि जेरु की तो चाँद से दोस्ती है। अब सभी जानवर जेरु को चाँद से बातें करते देखना चाहते थे।

हर रोज कोई न कोई आकर ये देखना चाहता और हर रोज उनको नकली चाँद बना कर बातें दोहरानी पड़ती। धीरे–धीरे जंगल मे जेरु का बहुत नाम हो गया।

पर हर रोज झूठ बोलते बोलते जेरु और गुन्नू थक चुके थे।

एक दिन वह दोनों और जुगनुओं का गैंग इस जंजाल से निकलने का उपाय सोच ही रहे थे कि चमचम जुगनू ने

कहा अब तो इस नाटक का अंत वहीं करेगा जिसने इसकी शुरुआत की थी। मतलब की चीनू चूहा ही हमे इस झूठ से निकाल सकेगा। अब तुम सब मेरा प्लान ध्यान से सुनो।

कहते हुए चमचम ने धीरे से अपना प्लान सबको बताया। सब चमचम की बात से बहुत खुश हुए। अगले दिन जब चीनू उधर से गुजर रहा था तभी गुन्नू गिलहरी ने उसको आवाज लगाई ''अरे! चीनू तुमको चंदू चाँद ने आज दूध मलाई की दावत पर बुलाया है लगता है अब जल्द ही तुम्हारी चंदू से दोस्ती हो जाएगी। फिर हम साथ मिलकर खूब मस्ती करेंगे। तुम जरूर आना। पर ये बात किसी को मत बताना तुम अकेले आना और हाँ चंदू से बात करते समय जरा जोर से बोलना ताकी वह तुम्हारी आवाज सुन सके।''

"अरे वाह चंदू ने बुलाया है तो मैं जरूर आऊंगा। ये बात मैं किसी को नही बताऊंगा। चंदू से दोस्ती होने पर जंगल में मेरी नाक कितनी ऊँची हो जाएगी।" कहते हुए चीनू ने अपनी मूँछों को ताव दिया और ऐंठते हुए चल दिया।

रात में चीनू जेरु के पास पहुँचा और फट से उस की गर्दन पर लटक गया। तभी गुन्नू जुगनुओं वाली प्लेट लेकर पत्तों के पीछे छुप गयी और आवाज बदल कर बोली "आओ चीनू आओ दूध मलाई खाओगे?"

ये बात सुनकर चीनू की खुशी का ठिकाना न था। उसने खुशी से जोरों से चिल्लाते हुए कहा "हाँ खाऊंगा जरूर खाऊंगा।"

ये सुनकर चाँद जोरों से डर से काँपा और गिर गया और जमीन पर चकनाचूर हो गया।

तभी जेरु जोर से चीखा "ये क्या किया चीनू तुमने? इतनी जोर से चीखकर तुमने मेरे चंदू को डरा दिया और मेरा चाँद टूट गया।"

जेरु जोर–जोर से रोने का नाटक करने लगा।

"तो अब क्या आसमान में कभी चाँद नही निकलेगा?" चीनू ने डरते हुये पूछा।

"निकलेगा क्यूं नही अब आसमान में दूसरा चाँद निकलेगा। मेरे चंदू को तो तुमने गिरा दिया। अब पता नही नया चाँद मुझसे दोस्ती करेगा भी या नही।" जेरु ने रोते हुए कहा।

ये सुन चीनू ने जेरु से शर्मिंदा होकर माफी मांगी और भागते हुए जंगल के सभी जानवरों को बताया कि चाँद टूट गया।

उधर गुन्नू और जेरु ने जंगल मे सबको ये कहा की "नया चाँद बहुत नकचढ़ा और घमंडी है।"

गब्लू के गुब्बारे

गब्लू नाम के एक छोटे लड़के के पापा एक स्कूल के पास रंग–बिरंगे गुब्बारे बेचते थे।

वह लोग बहुत ही गरीब थे। जिस स्कूल के सामने गब्लू के पापा गुब्बारे बेचते थे उन्होंने गब्लू को उसी बड़े स्कूल में एडमिशन दिलाया था।

दोपहर में स्कूल के सामने, बाद में चौराहे और मंदिर, मॉल सब जगह गुब्बारे बेच कर वह घर का खर्चा चलाते।

गब्लू अपने पापा को बहुत प्यार करता था और हर रोज गुब्बारे फुलाने में उनकी मदद भी करता था।

एक बार गब्लू के पापा को जरूरी काम से गांव जाना पड़ा। जिसकी वजह से कुछ दिन के लिए गब्लू ने गुब्बारे बेचने के लिए सोचा ताकि वह अपने पापा की मदद कर सके।

उसके पास बेचने के लिए ज्यादा गुब्बारे नहीं होते। इसलिए वह अक्सर सारे गुब्बारे बिकने के बाद वह अपनी किताब खोल कर पढ़ने बैठ जाता और अगर किसी को गुब्बारे चाहिए होते तो वह उनको तुरंत फुला कर दे देता।

स्कूल में स्वयम नाम का विद्यार्थी अपनी मम्मी से कहकर अक्सर स्कूल की छुट्टी के समय ढेर सारे गुब्बारे खरीदता।

एक दिन जब स्वयम ने गब्लू को पढ़ते देखा तो उसने पूछा। "आप तो मुझसे बड़ी क्लास में हो न मैने आपको देखा

है आप तो क्लास के टॉपर हो पर आप यहाँ क्यों पढ़ रहे हो।?"

''क्योंकि मेरे पिता 3–4 दिन के लिए गांव गये हैं। इसलिए स्कूल के बाद मैं यहाँ आ जाता हूँ ताकि गुब्बारे बेच कर मैं अपने पापा की मदद कर सकूँ। काश ये गुब्बारे जल्दी से बिक जाएं ताकि मैं आराम से पढ़ सकूँ।'' गब्लू ने कहा।

ये सुनकर स्वयम को उस पर बहुत गर्व हुआ और उसने एक उपाय सोचा। उसने स्कूल में सबसे कह दिया गब्लू के गुब्बारे बहुत अच्छे हैं। एक बार उन्हें खरीदो और खुशी से उड़ने का मजा लो, बहुत खुशी मिलती है गब्लू के गुब्बारे खरीदने से। सबको स्वयम की बात सुन आश्चर्य हुआ। स्कूल की छुट्टी होते ही कुछ छोटे बच्चों ने ढ़ेर सारे गुब्बारे खरीदे और अचानक से जोरों की आंधी आ गयी। वह बच्चे जमीन से थोड़ा ऊपर उठ गये क्योंकि उन्होंने अपने हाथों में ढेर सारे गुब्बारे पकड़ रखे थे। उनको लगा कहीं वे सच मे न उड़ जाए इसलिये वे चिल्लाने लगे। ''उतारो हमे नीचे उतारो'' और इतेफाक से आंधी रुक गयी और वे नीचे आ गए। सबको लगा ये गुब्बारे तो वाकई आसमान की सैर करा सकते हैं। ये देख बहुत लोगों ने गब्लू से ढेर सारे गुब्बारे खरीदे

पर अबकी आंधी नही आई तो कोई नही उड़ा तो सबने स्वयम से पूछा कि ''तुमने तो कहा था ये गुब्बारे आसमान की सैर कराते हैं। गुब्बारे खरीदने से बहुत खुशी मिलती है पर हम तो नही उड़े हम तो यहीं खड़े हैं कहाँ मिली खुशी?''

तो स्वयम ने कहा ''ये गुब्बारे खरीद कर तुमने गब्लु की मदद की ताकि उसके लिए पैसों का इंतजाम हो जाये और उसका समय बचे ताकि वह पढ़ाई भी कर सके। किसी की मदद करके जो खुशी मिलती है वह खुशी तुम्हे मिली न।''

ये बात सुनकर सब जोर से चिल्लाए ''हाँ हमने गब्लू के गुब्बारे खरीदे और हमे बहुत खुशी हो रही है।''

सबकी मदद से गब्लू की अच्छी आमदनी हो गयी। उसने स्वयम का धन्यवाद किया।

दो दिन बाद जब गब्लू के पापा आये तो उन्होंने देखा की गुब्बारे की बिक्री पहले से ज्यादा हो रही है और लोग गुब्बारों को ''गब्लू के गुब्बारे'' कह कर मांग रहे हैं।

एलिब्ना की पिंक फ्रॉक

एक जंगल मे मन्टू नाम का एक हाथी रहता था। उसकी बेटी एलिब्ना जंगल मे सबसे सुंदर थी। सब लोग एलिब्ना के व्यवहार की वजह से उसे बहुत प्यार करते थे।

एक बार जंगल मे नए साल की पार्टी का आयोजन हुआ। सब लोग एक से बढ़कर एक सुंदर ड्रेस पहन कर आये। पर बिन्नी खरगोश की पिंक कलर की फ्रॉक सबको बहुत भा गयी।

सब बिन्नी की पिंक फ्रॉक की तारीफ करते नही थक रहे थे।

एलिब्ना का भी जन्मदिन कुछ दिन में आने वाला था। जब उसके मम्मी पापा ने उससे पूछा कि उसे जन्मदिन पर क्या चाहिए तो वो उसी पिंक फ्रॉक की जिद्द करने लगी। एलिब्ना के मम्मी पापा ने मार्केट में बहुत ढूंढा पर उसके साइज की फ्रॉक कहीं नही मिली। एलिब्ना बहुत उदास हो गयी। ये देख उसके मम्मी पापा ने तय किया कि वे लवली हिरनी के पास जाएंगे जो कि जंगल की बहुत फेमस टेलर थी। वो बड़े–बड़े फैशन शो भी करवाती थी। लवली के पास पहुँच कर उन्होंने अपनी बात बताई। लवली भी एलिब्ना को बहुत प्यार करती थी।

उसने उसके मम्मी पापा से कहा ''आप चिंता न करिए मैं मार्केट से पिंक कपड़ा लाकर ठीक वैसी ही फ्रॉक अपनी प्यारी एलिब्ना के लिए बना दूंगी।''

अगले दिन वो पिंक कपड़ा ढूंढने मार्केट गयी। पर उसे पूरी मार्केट में पिंक कपड़ा नही मिला। आखिर थक हार कर उसने सफेद कपड़ा लिया और मन में सोचा की ''प्रिंसेस व्हाइट गाउन भी तो पहनती हैं। मैं एलिब्ना के लिए प्यारा व्हाइट गाउन बना दूंगी शायद वह उसे देख खुश हो जाए।''

वह अनमनी सी अपनी शॉप की ओर जाने लगी। रास्ते मे आसमान में एक बड़ा सा रेनबो निकला। उसने लवली को यूँ उदास देखा तो पूछ लिया।

''क्या बात है लवली तुम मुझे देख कर भी खुश नही हुई। मुझे देखकर तो सभी खुश हो जाते हैं। आखिर तुम्हे क्या चिंता है?''

Happy Birthday

लवली ने रेनबो से कहा ''क्या बताऊँ रेनबो हमारी प्यारी एलिब्ना का जन्मदिन आ रहा है। उसे पिंक फ्रॉक पहनने का मन है पर कहीं पिंक कपड़ा नही मिला। मजबूरी में ये व्हाइट कपड़ा लेकर जा रहीं हूँ। पता नही उसे ये ड्रेस पसन्द आएगी भी या नहीं।''

''अरे इसमें चिंता की क्या बात है। मैं तुमको इसका हल बताता हूँ। मैं अपने रंगों में से तुमको एक चम्मच लाल रंग देता हूँ। तुम अपने सफेद रंग के कपड़े को थोड़ी देर इस लाल रंग में भिगो देना बस पिंक रंग का कपड़ा तैयार हो जाएगा। क्योंकि जब सफेद रंग में लाल मिलाते हैं तो गुलाबी रंग बन जाता है।'' रेनबो ने लवली को लाल रंग देते हुए कहा।

लवली ये सुन बहुत खुश हुई। उसने रेनबो से लाल रंग लिया और बहुत धन्यवाद किया।

लवली ने एलिब्ना के लिए वैसी ही पिंक फ्रॉक बना दी। जैसी उसे चाहिए थी।

एलिब्ना के जन्मदिन के दिन जब लवली ने उसे पिंक फ्रॉक दी तो वह फूली नही समायी। एलिब्ना के मम्मी पापा ने लवली को बहुत धन्यवाद किया। लवली ने बताया कि असल मे धन्यवाद तो रेनबो को करना चाहिए। जिसने इस पार्टी में खुशियों के रंग बिखेर दिए। सबने एलिब्ना की पिंक फ्रॉक देखकर बहुत तारीफ की। सब लोग बहुत खुश हुए।

कागज का छाता

नंदू नाम का एक लड़का बहुत ही होनहार था। वह स्कूल में हर चीज में हमेशा आगे रहता। क्लास में झमेलू नाम का लड़का हमेशा ही नंन्दू की काबिलियत से चिढ़ता था। वह हमेशा नंदू के काम बिगाड़ने में लगा रहता था। उसका सारा ध्यान हमेशा नंदू को नीचा दिखाने में रहता।

एक बार स्कूल में "आर्ट अंड क्राफ्ट" की प्रतियोगिता हुई। सब लोग छुट्टी के समय यहीं बातें कर रहे थे कि वे क्या बनाने वाले हैं। नंदू से जब उसकी बेस्ट फ्रेंड चम्पी ने पूछा कि वह क्या बनाएगा। तो उसने कहा कि उसके दादा जी बहुत बड़े कारीगर थे। उनका ही सिखाया हुआ कागज का छाता बनाऊंगा। फिर चम्पी ने कहा "अरे वाह ये तो बहुत अच्छा आईडिया है पर डेमो कैसे देगो?"

फिर नंदू ने कहा "मैं पानी की स्प्रे बोतल साथ रखूंगा।"

झमेलू चंपी और नंदू की बात चुपके से सुन रहा था ताकि वह नंदू का काम बिगाड़ सके। उसने मन मे सोचा "मैं फटाफट घर जाकर कागज का छाता बना लूंगा और स्कूल पहले जल्दी आकर सबसे आगे अपना टेबल भी लगा लूँगा ताकि सब मेरा प्रोजेक्ट सबसे पहले देखें और इस नंदू का प्रोजेक्ट सबके लिए पुराना हो जाये।"

अगले दिन झमेलू ने ठीक वैसे ही किया। वह कागज का छाता बनाकर लाया और सबसे आगे की टेबल पर अपना प्रोजेक्ट लगा दिया। साथ वो वाटर स्प्रे भी लाया।

नंदू भी अपना प्रोजेक्ट टेबल पर लगा चुका था। जब प्रिंसीपल मैम झमेलू के पास पहुंची तो उन्होंने उसका छाता खोला और उस पर पानी का स्प्रे किया। झमेलू का छाता भीग कर गल गया। ये देख सभी लोग जोर–जोर से हँसने लगे। झमेलू का कागज का छाता देख नंदू उसकी मंशा समझ चुका था। प्रिन्सिपल मैम ने झमेलू की बेवकूफी पर उसको डांटा भी पर झमेलू पर उसका कोई फर्क नही पड़ा जबकि वह तो मन ही मन खुश हो रहा था कि अब तो नन्दू को भी डाँट पड़ेगी।

STUDENTS CORNER

जब प्रिंसिपल मैम नन्दू की टेबल पर पहुंची तो वहीं कागज का छाता देख चकरा गयीं। उन्होंने जब नन्दू का छाता खोलकर उस पर स्प्रे किया तो छाता वैसा का वैसा ही था।

ये देख सबको बहुत आश्चर्य हुआ और झमेलू तो हक्का बक्का ही रह गया। तब नन्दू ने सबको बताया कि ये कागज असल मे बांस की पतली परत से बना हुआ है। ये कागज जैसा पतला होता है इसलिए हम इसे कागज का छाता कहते हैं।

सभी ने ये देख नन्दू की बहुत तारीफ की और नन्दू को फिर पहला प्राइज मिला।

प्रिंसीपल मैम ने सारा माजरा समझते हुए झमेलू से कहा "समझे झमेलू नकल के लिए अकल की जरूरत होती है। अगर तुमने नंदू का काम बिगाड़ने की बजाय अपने काम पर ध्यान दिया होता तो आज तुमने भी कुछ नया सीखा होता।"

झमेलू ये सुन बहुत शर्मिंदा हुआ और उसने नंदू से अपने किए के लिए माफी मांगी। नन्दू ने भी झमेलू को माफ कर अपना दोस्त बना लिया।

चमकीली टी-शर्ट

एक बार समुद्र में एक बहुत बड़े टैलेंट शो का आयोजन हुआ। जिसमें सभी जीव अपना–अपना करतब दिखाने में लगे हुए थे। कहीं पर हरिया कछुआ भारी–भारी पत्थरों को अपनी पीठ पर रखकर कमाल दिखा रहा था तो शीनू सी हॉर्स नाक पर मोती रख कर बैलेंसिंग शो दिखा रहा था।

टैलेंट शो में अक्कू ऑक्टोपस का एक जग्लिंग का शो भी था। वह अपना शो दिखाने के लिए बहुत ही ज्यादा खुश था। उसने शो के लिए अपनी गोल्डेन टी–शर्ट धोकर रस्सी पर टांग दी ताकि उसकी टी–शर्ट और भी ज्यादा चमके और वह मोतियों और छोटे–छोटे पत्थरों से जगलिंग की प्रैक्टिस करने लगा। सभी को सर्कस कैम्पस में कमरे दिए गए थे ताकि करतब दिखाने वाले जीव लोग वहाँ आराम कर सकें।

उधर स्टेज पर एक से बढ़ कर करतबबाज अपना करतब दिखा दिखाकर वाहवाही लूट रहे थे। डॉलफिन तो टैलेंट शो की शान बन गयी थी। वह तो डांस कर कर के करतब दिखा रही थी और जेलिफिश ने भूल भुलैय्या का बेहतरीन टेंट लगाया था। दूर–दूर से जीव उसकी भूल–भुलैय्या एन्जॉय करने आ रहे थे। स्टार फिश ने शो की लाइटिंग की जिम्मेदारी ले रखी थी। चारों ओर तालियों की गड़गड़ाहट गूँज रही थी। दूर देश से आई मछलियाँ शो का आनन्द ले रहीं थीं। सब खूब एन्जॉय कर रहे थे।

अचानक से सबको अक्कू ऑक्टोपस की रोने की आवाज सुनाई दी। अक्कू के साथ वाले दोस्त भाग कर अक्कू के पास पहुँचे तो उन्होंने देखा अक्कू का कमरा पूरा फैला हुआ था और अक्कू रोते हुए कुछ ढूंढ रहा था।

तभी हरिया कछुए ने अक्कू से पूछा ''क्या बात है अक्कू तुम रो क्यों रहे हो? तुम्हारा कोई सामान गुम हो गया है क्या?''

''हाँ अभी कुछ ही देर में मेरा जगलिंग का शो है और मेरी गोल्डेन टी–शर्ट कहीं खो गयी है। अब मैं क्या पहनूँगा?'' कहते हुए अक्कू जोर–जोर से रोने लगा।

''क्या? तुम्हारी टी शर्ट खो गयी? ओह अब तुम अपना करतब कैसे दिखाओगे।'' शीनू सी हॉर्स ने चिंता जताई।

"मैंने अपनी प्यारी चमकीली टी–शर्ट इसीलिए धोयी ताकि मैं स्टार फिश की लाईट में खूब चमकदार और स्मार्ट दिखूं पर अब मैं ऐसा नही कर पाऊँगा।" कहते हुए अक्कू और जोर–जोर से रोने लगा।

धीरे–धीरे चारों तरफ हाहाकार मच गया। चारों तरफ यही चर्चा हो रही थी कि अक्कू की चमकीली टी–शर्ट खो गयी है। अक्कू के शो का समय धीरे–धीरे करीब आ रहा था। सभी ने अक्कू को समझाना शुरू किया कि वह किसी ओर की चमकीली टी–शर्ट पहन ले पर किसी की भी टी–शर्ट फिट नही आ रही थी।

तभी स्टार फिश ने अक्कू से कहा "चिंता मत करो अक्कू तुम अपना करतब जरूर दिखाना। लोग तुम्हे तुम्हारी काबिलियत से पहचानेंगे कपड़ों से नहीं और मैं तुम पर एक्स्ट्रा लाईट डालूँगी ताकि तुम खूब चमको। चलो मेरे साथ मूड सही करने के लिए थोड़ा शो देख लो। ताकि तुम अच्छे मन से करतब दिखा सकोगे।"

अक्कू को स्टार फिश का सुझाव बहुत अच्छा लगा। वह उसके साथ सबका टैलेंट देखने स्टेज की तरफ चल पड़ा। वहाँ उसने देखा कि जेलिफिश की भूल भुलैय्या की तरफ बहुत भीड़ लगी हुई थी

पर ये क्या जेली फिश ने भूल भुलैय्या का टेंट अक्कू ऑक्टोपस की टी–शर्ट से ही बना रखा था। कोई टी–शर्ट की एक आस्तीन से घुसता तो कोई दूसरी आस्तीन से निकलकर दूसरे रास्ते पहुंच जाता।

टैलेंट शो

ये देख अक्कू का सर चकरा गया। उसने जेमी जेली फिश को जोर से डाँटा "जेमी तुमने मेरी टी–शर्ट की भूल भुलैय्या बना दी।"

"क्या? ये आपकी टी–शर्ट थी? मुझे नही पता था दादा। मुझे तो ये मेरे रूम के बाहर पड़ी मिली। इतने बढ़िया चमकीले कपड़े को देख कर मैंने सोचा क्यों न शो की शान बढ़ाई जाए। इसीलिए मैंने इसे भूल भुलैय्या बना दिया और देखिए लोगों को कितना मजा आ रहा है यहाँ कितनी भीड़ है।लोग एक आस्तीन से घुस रहे और आठों हाथों की आस्तीन में गुम हो जा रहे और अलग अलग दिशा की तरफ से निकल रहे हैं।" जेमी ने डरते हुए कहा।

"ओह! मैने कभी सपने में नही सोचा था कि मेरी टी–शर्ट का ऐसा इस्तेमाल होगा। मुझे लगता है टी–शर्ट तैर कर तुम्हारे कमरे के सामने जा गिरी। कोई बात नही जेमी तुम इसे भूल भुलैय्या ही बना लो। वैसे भी मुझे अपना टेलेंट दिखाने के लिए चमकीले भड़कीले कपड़ो की जरूरत नही है।" अक्कू ने इतराते हुए कहा।

"मुझे माफ कर दीजिए दादा। मुझे सोचना चाहिए था कि ये आठ हाथों वाली टी–शर्ट आपकी होगी।" जेमी ने शर्मिंदा होते हुए कहा।

अक्कू ने अब जेमी को माफ कर दिया और सब लोग भूल भुलैय्या में मजे करने लगे और अक्कू ने अपना जगलिंग का शो दिखाया और खूब वाहवाही बटोरी वो भी बिना "चमकीली टी–शर्ट" के।

ब्रेड और बेस्टिज

''ओहो बाहर कितनी गर्मी है और इन लोगों ने मुझे मार्केट से लाकर टेबल पर पटक दिया। कबसे मैं इंतजार कर रही हूँ कि कोई तो मुझे फ्रीज में पहुँचा दे। लगता है सब दोपहर में सो गए हैं और गर्मी के मारे मेरी हालत खराब हो रही है।'' टेबल पर पड़ी ब्रेड गर्मी से परेशान होकर बड़बड़ा रही थी।

''हम्म अब तो मुझे गुस्सा आ रहा है। मैं खुद ही चली जाती हूँ फ्रीज के अन्दर। वहाँ मुझे ठंडक तो मिलेगी।'' बड़बड़ाते हुए ब्रेड फ्रीज की तरफ बढ़ी और जैसे ही उसने फ्रीज का दरवाजा खोला फ्रीज के हैंडल पर लगे बटर से वह फिसलकर धड़ाम से नीचे गिर गई और जोर से चिल्लाई ''आह मेरी कमर टूट गयी।''

फ्रीज में बैठे उसके सारे दोस्त उसकी चिल्लाने की आवाज सुनकर घबराकर नीचे झाँकने लगे।

तभी केचप ने हाथ बढ़ाकर ब्रेड की मदद की और उसे अन्दर बैठा दिया। ब्रेड दर्द से कराह रही थी और बड़बड़ा रही थी। ''हाय मेरी कमर टूट गयी अब तो मैं बेकार हो गयी। ये सब इस बटर की वजह से हुआ है। इतना चिकनाई भरा है ये इसकी ही वजह से मैं बदसूरत हो गयी।''

GHEE
JAM
MALAI

''गुस्सा थूक दो, देखो तुम मुझे अपने चेहरे पर लगा लो तुम सुन्दर गुलाबी भी लगोगी और स्वादिष्ट भी।'' जैम ने कहा।

''उसकी कमर टूटी है उसको ताकत की जरूरत है और मैं ताकत से भरपूर हूँ और तुम सबमें बुजुर्ग भी। इसलिए तुम्हे मुझे लगाना चाहिए।'' घी ने रौब जमाया।

''अच्छा? और घी बनता कैसे है बताओ तो जरा? ज्यादा रौब मत झाड़ो। मैं मलाई टेस्टी भी हूँ और ताकतवर भी। मुझे आजमाओ दर्द भगाओ बेटा।'' मलाई ने घी को डांट लगायी और ब्रेड को प्यार से समझाया।

''सुनो ब्रेड तुम इन सबके चक्कर मे मत पड़ो। तुम मेरी सुनो अगर तुम सबकी चहेती बनना चाहती हो तो तुम मुझसे दोस्ती कर लो।'' चीज ने इतराकर बोला।

''मैंने तो तुम्हारी मदद की थी न तो मैं ही तुम्हारा दोस्त हुआ न।'' केचप ने कहा।

''मैं जानबूझकर तुम्हे नही गिराना चाहता था तुम तो मेरी बेस्ट फ्रेंड हो।'' बटर ने उदास होते हुए कहा।

''देखो जमाने के साथ खुद को बदलो इन सबका साथ छोड़ो और मुझसे दोस्ती करो। मेरी तुम्हारी जोड़ी कमाल बनेगी।'' मेयोनेज इठलाते हुए बोली।

''अरे! यहाँ मैं दर्द से कराह रही हूं और तुम लोगों को दोस्ती की पड़ी है और देखो मैं बेडौल और भद्दी भी दिख रही हूँ फिर भी तुम लोग मुझसे दोस्ती क्यों करना चाहते हो?'' ब्रेड ने आश्चर्य से पूछा।

तो सभी एक साथ बोलने लग गए ''क्योंकि तुम्हारी मेरी जोड़ी बेस्ट है।''

सभी आपस में लड़ने लगे ''वह मेरी बेस्ट फ्रेंड है'', ''नही वह मेरी फ्रेंड है। नही वह मेरी दोस्त है।'' देखते–देखते फ्रीज में हंगामा मच गया।

तभी अचानक फ्रीज के बाहर से बच्चों की दोस्तों की टोली की आवाज आयी।

''मम्मी मुझे ब्रेड जेम चाहिये, मुझे मलाई ब्रेड, मुझे चीज ब्रेड, मुझे घी वाली मुझे मयो वाली...''

ये सुनकर अन्दर सबने खुशी से हाथ मिलाया और साथ मे गाना गाया...

''ला ला ला ला हम सब हैं ब्रेड के बेस्टी, हम हैं टेस्टी–टेस्टी, हम हैं ब्रेड के बेस्टिज।''

घन्टु घनचक्कर

एक शहर में घन्टु नाम का एक लड़का रहता था। वह बड़ा ही शरारती और लापरवाह था। वह अपनी शरारत की वजह से हमेशा कुछ न कुछ गड़बड़ी कर देता था। उसकी वजह से उसके मम्मी पापा बहुत ही परेशान रहने लगे थे।

एक बार की बात है। घन्टु के मम्मी पापा और उनके कुछ दोस्तों ने क्रिसमस की छुट्टियों में घूमने का प्लान बनाया। सब लोग अपनी कार से घूमने निकल पड़े। रास्ते मे सबने कुछ खाने के लिए एक ढाबे पर कार रोकी। सब लोग आराम से अपनी–अपनी कुर्सियों पर बैठ गए पर घन्टु यहाँ वहाँ घूमने लगा।

घन्टु की मम्मी ने उसको एक जगह बैठने के लिए कई बार बोला पर उसने एक न सुनी।

टहलते–टहलते घन्टु ढाबे के पीछे पहुँच गया। जहां पर कुछ बन्दर बचा खुचा खाना खा रहे थे। घन्टु ने उन बन्दरों को देखा तो उसको एक शरारत सूझी। उसने बंदरों के सामने उनकी ही आवाज की नकल की और उनको मुँह चिढ़ाने लगा। ये देख बंदरों का झुण्ड गुस्से से घन्टु की ओर लपका और घन्टु भाग कर ढ़ाबे में घुस गया। जब तक ढाबे का मालिक उन बंदरों को भगाने का सोचता बन्दरों के झुण्ड ने ढाबे का काफी नुकसान कर दिया था।

ढ़ाबे के मालिक ने घन्टु के मम्मी पापा से काफी नाराजगी जताई और उन्हें खाना खिलाने से इंकार कर दिया। घन्टु के पापा ने ढाबे में हुए नुकसान की भरपाई की और माफी मांगी।

घन्टु के मम्मी–पापा को उनके दोस्तों के सामने भी काफी शर्मिंदा होना पड़ा। सभी लोगों ने दूसरे ढ़ाबे में खाना खाया और आगे बढ़े।

सभी लोग एक आर्ट गैलरी में पहुँचे क्योंकि घन्टु के मम्मी पापा के दोस्तौं को पेंटिंग्स खरीदने का बड़ा शौक था।

घन्टु के हाथ मे चॉकलेट थी तो गार्ड ने उसे बाहर ही रोका। घन्टु की मम्मी ने उससे कहा कि वह चॉकलेट उनके पर्स में रखवा दे और गैलरी से बाहर आकर खा लेगा पर घन्टु ने अपनी मम्मी की बात फिर से नही मानी और उसने चॉकलेट वहीं खाना शुरु कर दिया। चॉकलेट खत्म होते ही सब अंदर गए।

वहाँ एक से बढ़कर एक सुन्दर पेंटिंग्स थीं। घन्टु की मम्मी बार–बार यहीं कह रहीं थीं कि पेंटिंग्स को दूर से देखे। घन्टु ने देखा कि एक पेंटिंग में खूब सारे घोड़े बने हुए थे। घन्टु को ऐसा लगा कि वे घोड़े असली हैं उसने बिना सोचे समझे उस पेंटिंग पर अपना चॉकलेट वाला हाथ लगा दिया जो कि उसने चॉकलेट खाने के बाद साफ नही किया था। घन्टु की लापरवाही की वजह से सुन्दर सफेद घोड़े वाली पेंटिंग पर चॉकलेट के निशान पड़ गए जिसकी वजह से पेंटिंग खराब हो गयी और उसकी इस हरकत की वजह से घन्टु के मम्मी पापा को मजबूरन वो पेंटिंग खरीदनी पड़ी।

घन्टु के मम्मी–पापा को एक बार फिर से उसकी इस हरकत की वजह से शर्मिंदा होना पड़ा।

इतना कुछ हो जाने के बाद भी घन्टु पर कुछ खास फर्क नही पड़ा। वह तो किसी की नहीं सुनता बस अपनी ही मस्ती में रहता।

अगले दिन सब लोगों ने एम्यूजमेंट पार्क में जाने का प्लान बनाया। घन्टु की तो खुशी का ठिकाना ही नही था। वह तो कभी इधर कभी उधर भाग रहा था। क्रिसमस की वजह से पार्क में काफी भीड़ थी। घन्टु की मम्मी बार–बार उसका हाथ पकड़ रहीं थीं और वो हाथ छुड़ा इधर उधर भागे जा रहा था।

अचानक घन्टु सबके बीच से गायब हो गया। उसके मम्मी–पापा बहुत परेशान हो गए। सबने घन्टु को चारों ओर खूब ढूंढा पर वह कहीं नहीं मिला।

शाम हो आयी थी पर घण्टु का कुछ पता नही चला। तभी उसकी मम्मी की नजर एक बंद झूले पर पड़ी। वह झूला एरोप्लेन के आकार का था। घन्टु कि मम्मी ने सबसे कहा कि

सभी को उस झूले के अन्दर भी चेक करना चाहिए पर किसी ने ये बात नही मानी।

घन्टु की मम्मी–पापा का रो–रोकर बुरा हाल था। पार्क लगभग खाली हो चुका था।

फिर सबने मिलकर तय किया कि उन्हें पुलिस को इंफॉर्म करना चाहिए।

जैसे ही सब वहाँ से आगे बढ़े उन्हें उसी एरोप्लेन वाले झूले में से बचाव–बचाव की आवाज सुनाई दी। सब दौड़ कर झूले की तरफ भागे।

घन्टु के पापा ने बाहर से एरोप्लेन के दरवाजे को जोर से धक्का दिया और दरवाजा खुल गया।

घन्टु जोर–जोर से रोते हुए अपनी मम्मी के गले लग गया। भूख–प्यास और रोने की वजह से घन्टु बेहाल हो चुका था। घन्टु ने रोते हुए अपनी मम्मी और पापा से माफी मांगी और पूरा किस्सा बताया कि वह मम्मी का हाथ छुड़ाकर घूमते–घूमते वहाँ तक जा पहुँचा और एरोप्लेन वाले झूले को देखकर उत्साह में अन्दर चला गया और दरवाजा बंद कर लिया पर जब उसने बाहर निकलने की सोची तो वह भारी दरवाजा उससे खुल नही रहा था और शोर की वजह से कोई उसकी आवाज भी नही सुन पा रहा था। पार्क खाली होने पर ही उसकी आवाज उन लोगों तक पहुँची।

घन्टु को अब अपनी गलती का एहसास हो चुका था।

सबने मिलकर घन्टु को खूब प्यार किया और फिर साथ मे सबने खाना खाया।

घर आने तक सबने घन्टु का नाम 'घन्टु घनचक्कर' रख दिया था।

कुछ लेखिकाओं के बारे में

पायल धाबलिया

जन्म 21 अप्रैल, 1978

जन्मस्थान जबलपुर, (एम.पी)

Gmail | payaldhabalia@gmail.com

Facebook | https://www.facebook.com/payal.dhabalia

पायल धाबलिया जबलपुर, मध्यप्रदेश में पली बढ़ी है। रसायन शास्त्र में बी. एड. कर एक शिक्षिका का कार्यभार संभाला। पिछले पाँच वर्षों से लेखन के क्षेत्र में सक्रिय है। अब तक सैकड़ों कहानियों का प्रकाशन हो चुका है जिसमे कई कहानियों को विजेता घोषित किया गया। दो गुजराती ई–बुक तथा एक हिंदी ई–बुक के साथ–साथ चार पेपरबैक किताबे प्रकाशित हो चुकी है। डिजिटल थियेटर पर 150 से भी अधिक कहानियों का नाट्य मंचन किया जा चुका है। सरल और सहज भाषा में लिखना पसंद करती है।

दीपाली किरन

जन्म 30 अप्रैल, 1987
जन्मस्थान बाराबंकी, (यू.पी)

Gmail | deepali.kiran@gmail.com
Facebook | https://www.facebook.com/deepali.kiran

मैं हूँ आपकी अपनी दीपाली किरन, ''सतरंगी बचपन'' किताब की लेखिका।

आपको पता है... मैंने ''सतरंगी बचपन'' के अलावा दो और किताबें ''जब मन छलके'' और ''कहानियों का ठेला'' भी लिखी है।

आप जब बड़े हो जाना तो उन किताबों को भी जरूर पढ़ना क्योंकि किताबें हमें बहुत कुछ सिखाती हैं।

अब देखिए मैं भी किताबों से प्यार करके बन गयी न तीन किताबों की लेखिका।

आप भी किताबों से प्यार करिए और हाँ मुझे मेल करके जरूर बताइएगा कि आपको कैसे लगे हमारे सतरंगी बचपन और आपको मेरी कौन सी कहानी ज्यादा पसन्द आई। मुझे आपके मेल का इंतजार रहेगा।

आपको मेरी ओर से ढेर सारा प्यार! आप जीवन मे खूब आगे बढ़िए।

कुछ इलस्ट्रेशन आर्टिस्ट के बारे में

आस्था लड्ढा

जन्म 09 दिसंबर, 2005

जन्मस्थान पुणे, (महाराष्ट्र)

Gmail	aasthaladdha.912@gmail.com
Facebook	Aastha Laddha
Instagram	https://www.instagram.com/@the.art.tokri
Behance	Aastha Laddha

नमस्कार!

मैं आस्था लड्ढा, पुणे स्थित इलस्ट्रेटर और विजुअलाइज़र हूं। मैं 16 साल की हूं और अभी मैं 11वीं कक्षा में पढ़ रही हूं। मेरे पास एक कलात्मक पारिवारिक पृष्ठभूमि है। कला और डिजाइन बचपन से ही आकर्षक लगता था। मुझे हस्तशिल्प, विभिन्न माध्यमों से पेंटिंग, ग्राफिक डिजाइनिंग, एनीमेशन और फिल्म निर्माण में गहरी दिलचस्पी है, हालांकि विजुअलाइज़ेशन और डिजीटल आर्ट मेरी विशेषता है।

ये हमेशा मेरे दिल के करीब रहेगी। मुझे शब्दों को दृष्टांतों में बदलना, स्टोरी बोर्डिंग और पात्रों का निर्माण करना पसंद है। चित्र बनाते समय, मैं विवरण पर ध्यान देती हूं, रंगों से खेलना पसंद करती हूं।

Crowd-funders

(names listed alphabetically)

- Aanya Agarwal
- Aastha Laddha
- Aishni Tripathi
- Ambika Gupta
- Ananya Kharbanda
- Ananya Sahay
- Anchit Chaturvedi
- Anokhi Jaju
- Anushree Sahay
- Aparajit Pammy Rajan
- Arnav Singh
- Arpita Wakhariya
- Avinash Vaswani
- Avyuktaa Srivastava
- Bhavika Srivastava
- Bhavya Srivastava
- Crayon Kids Preschool
- D P Singh
- Darshana Piyush Mehta
- Dnyanada Bhongade
- Hema Mandhane
- Ikshu Lahoti
- Ivan Ray
- Jasumati Dhabalia
- Kamini Gosar
- Ketan Rajkotia
- Khushi Rajkotia
- Kiran Srivastava
- Krisla Srivastava
- Kunjal Dhabalia
- Leena Mehta
- Mahesh Malpani
- Manan Amit Mehta
- Manish Dhabalia
- Manisha Sinha
- Manju Gorasia
- Mital Indani
- Mona Kapoor
- Muskaan Rajkotia
- Nayra Srivastava
- Neha Laddha
- Niharika Waghade
- Ojal Ladha
- Parul Srivastava
- Pooja Sinha
- Poorvi & Yashvi Srivastava
- Prapti Jain
- Prashant Laddha
- Priyanka Srivastava
- Rachit Srivastava
- Radha Srivastava
- Rahi Manudhane
- Rahul Dwivedi
- Ranjeeta Mehan
- Reema Agarwal
- Reyansh Goel
- Riddhi Hardik Madhu
- Rishi Kataria
- Rohit Agarwal
- Saanchi Srivastava
- Sanchaita Das
- Sandeep Ved
- Sandeep Parekh
- Sandhya Bandikalla
- Sareeta Chhaparwal
- Sarthak Sarda
- Saurabh Malpani
- Sharika Prashad Dembi
- Sheetal Pimpalwadkar
- Shefali Kiran
- Shishir Srivastava
- Shivangi Varma
- Shivani Mehra
- Shivani Suhas Dalvi
- Shreeya Rathi
- Shriyash Yogesh Shinde
- Shubhra Singh
- Shuchita Thakur
- Shweta Pradhan
- Simran Uday Nyamgoud
- Snigdha Jain
- Sonal Khedkar
- Sony Bagga
- Sourabh Kuchanwar
- Srivastava Vivek
- Sudhir Srivastava
- Suresh Kumar Gorasia
- Survi Dugar
- Swati Rai
- Taksh Dhabalia
- Tanvi Master
- Tanvy Srivastava
- Tarush Srivastava
- Trinabh Khare
- Tushar Srivastava
- Vidushi Maan
- Vinay Srivastava
- Vivek Srivastava
- Yamuna Saravanan

सतरंगी बचपन

पायल धाबलिया, दीपाली किरन

सुझाव और अनुभूतियों के लिए
आप लेखिका को निम्नलिखित पते पर
सम्पर्क कर सकते हैं -
payaldhabalia@gmail.com
deepali.kiran@gmail.com

www.ingramcontent.com/pod-product-compliance
Lightning Source LLC
LaVergne TN
LVHW100553051026
849519LV00003B/944
* 9 7 8 9 3 9 1 9 2 4 1 8 8 *